www.tredition.de

AF197907

Thilo von Weissenlitz

REVOLUTION IN DEUTSCHLAND
– Bargeldverbot

Nur eine Vision oder bald Wirklichkeit?

www.tredition.de

© 2017 Thilo von Weissenlitz

Autor: Thilo von Weissenlitz
Umschlaggestaltung, Illustration: Thilo von Weissenlitz

Verlag und Druck:
tredition GmbH, Halenreie 40 – 44, 22359 Hamburg

ISBN: 978 – 3 – 7439 – 2156 – 6 Paperback
ISBN: 978 – 3 – 7439 – 2157 – 3 Hardcover
ISBN: 978 – 3 - 7439 – 2158 – 0 e-Book

Bibliografische Information der Deutschen Nationalbibliothek:
Die Deutsche Nationalbibliothek verzeichnet diese Publikation in
der Deutschen Nationalbibliografie; detaillierte bibliografische Daten sind im Internet über http://dnb.d-nb.de abrufbar.

REVOLUTION IN DEUTSCHLAND –

Bargeldverbot

Das Große Chaos beginnt, der Bargeldverkehr wird eingestellt.

Viele Bürger hatten den Petitionsantrag unterzeichnet, anscheinend nicht genug. Es konnte nicht mehr das verhindert werden was im Stillen schon längst beschlossene Sache war, - das Bargeldverbot!
Am 17. Oktober 2017 wurde der Beschluss im Parlament mit Mehrheit abgestimmt, der zum 01. Januar 2018 bereits greifen sollte. Doch die Politiker erahnten nicht welches Chaos sie damit verursachten.

Das Ende des Bargeldverkehr

Wie fing alles an?

Bereits im Jahr 2015 wurden immer wieder Vorstöße veröffentlicht, dass es Überlegungen gebe, dass Kleingeld abzuschaffen. Es wurde so dargestellt, als ob die Bevölkerung keinen negativen Nutzen davon hätte. Ganz im Gegenteil, hätte man jetzt sein Portemonnaie mit Kleingeld überfüllt, so würde dies wegfallen. Bei den Preisen sollte auf,- bzw. abgerundet werden, so dass ein Ausgleich gegeben sei. Für viele erschien dies logisch. Zudem gab es Länder die, auf freiwilligen Basis, dies schon so handhabten. Was viele nicht wahrnahmen, die meisten Preise in Deutschland, und nicht nur der Treibstoff an der Tankstelle, endeten mit „9". Ab der „5" hinten sollte aufgerundet werden. Dies machte einen Großteil aller Waren aus, bedeutete so also eine Verteuerung für den Verbraucher.

Dann gab es ein weiteres Vordringen. Der 500,00 € Schein sollte zunächst nicht mehr gedruckt werden und dies sollte schließlich zu einer Abschaffung führen. Des Weiteren sollten Obergrenzen ein geführt werden bei Bargeldzahlungen und Bargeldabhebungen.

Bürger gaben eine Petition ein.

Petition 63703
Bankenwesen - Keine Obergrenze für Bargeldzahlungen und -
Abhebungen vom 03.02.2016

Text der Petition

„Der Deutsche Bundestag möge beschließen…
keine Obergrenze für Bargeldzahlungen und Bargeldabhebungen einzu-
führen.
Begründung
Aus dem Grundrecht der informationellen Selbstbestimmung ergibt sich,
dass es auch eine Zahlungsmöglichkeit geben muss, die der Staat nicht

nachvollziehen kann. Außerdem wird die Vertragsfreiheit unangemessen eingeschränkt wenn Bargeld nicht als Zahlungsweg vereinbart wird. Das einzige uneingeschränkte gesetzliche Zahlungsmittel würde abgeschafft. Bei Zwangsversteigerungen oder Sicherheitshinterlegung fiele auch die Möglichkeit weg Bargeld zu hinterlegen, sodass dann nur teurere selbstschuldnerische Bankbürgschaften als Sicherheit möglich sind.

Der Wegfall der Zahlungsfunktion von Bargeld sowie das geplante Abhebungslimit (Erfüllung des Anspruchs auf gesetzliche Zahlungsmittel in Form von Bankguthaben wird unmöglich gemacht) stellen einen Eingriff in das Eigentumsgrundrecht dar."

Online eingestellt gab es einige Kommentare hierzu, einige hier zitiert:

e: Bargeld ist nicht anonym!

Erstellt 16.02.2016 - 09:50 von Jedermann

Zitat: von Alexander37
(...) Zumindest Banken werden die Seriennummer mit Sicherheit regelmäßig erfassen und speichern.

Das sind dann aber ausgesprochen löchrige Daten ... so richtig brauchbar wäre es nur, wenn der Weg Bank > Käufer > Verkäufer > Bank sichergestellt ist. Banknoten gehen aber i.d.R. durch weitaus mehr Hände, ehe sie wieder mal eine Bank aufsuchen. Und das nachzuvollziehen, ist extrem aufwändig.

Zudem ... wenn ich Geld zu Bank bringe, dann wirft die Kassiererin die Scheine nach dem Zählen einfach in die Fächer ihrer Kasse, und wenn ich Geld am Schalter hole, holt sie die Scheine dort heraus. Alles ohne die Dinger zu fotografieren oder durch einen Scanner zu zerren. Ich wage sogar zu bezweifeln, dass Geldautomaten solche Aufzeichnungen machen. Damit ist die Zuordnung Banknote <-> Person komplett aufgelöst.
Die Seriennummern werden wohl nur bei Lösegeld oder im Zusammenhang mit anderen kriminell fragwürdigen Zahlungen aufgezeichnet ...

Insofern ist Bargeld zwar prinzipiell verfolgbar, praktisch aber so gut wie anonym.

Diskussionszweig: Absolut gegen eine Obergrenze!

Erstellt 15.02.2016 - 08:51 von Testsearching. (Zuletzt geändert am 15.02.2016 - 08:52 von Testsearching)

Eine Obergrenze finde ich als zu starke Einschränkung meiner Zahlmöglichkeiten. Vor allem wäre, dann die dauerhafte unkontrollierbare Überwachung möglich.
Selbst wenn jetzt jemand sagen würde "So viel zahle ich nie in Bar!".
Dem kann ich nur sagen, JETZT sind es "nur" 5000€, in der ZUKUNFT wird es gar kein Bargeld mehr geben! Ich finde man muss diese Entwicklung JETZT stoppen, um in der Zukunft noch Bargeld zu haben! Die Wahlmöglichkeit muss bleiben für jeden einzelnen Bürger...

Re: Absolut gegen eine Obergrenze!

Erstellt 17.02.2016 - 17:50 von Nutzer2394956

Die Bargeldnutzung darf nicht beschränkt werden.
1. Man zwingt den Bürger zu einem Bankkonto, das heißt, muss bei einer Transaktion > 5000 Euro zwingend einen externen Dienstleister nutzen.
2. Es gibt nach wie vor Menschen, die kein Bankkonto bekommen.
3. Bargeld ist das einzige gesetzliche Zahlungsmittel.
4. Es gibt kein staatliches Bankkonto ohne Kontoführungs-Überweisungsgebühren, unbeschränkter staatlicher Haftung für Bankguthaben und ohne Zinsen (die möglicherweise negativ werden könnten); dies setze ich voraus, wenn ein Bankkonto Pflicht werden sollte.
5. Die Bargeldbegrenzung bietet neue Überwachungsmöglichkeiten, die die Privatsphäre der Menschen einschränkt, es kann einfach nach Transaktionen gesucht werden; außerdem können dadurch bestimmte Transaktionen verhindert werden. (Wie bezahlt man ein Geschenk/die Prostituier-

te/ein kritisches Medium?)
6. Bargeld ist einfacher zu "bedienen" als die elektronischen Zahlungsver-
fahren. Außerdem ist die Zahlung damit sofort abgeschlossen. (Wie be-
zahlt man den Zeitungsverkäufer an der Haltestelle ohne Bargeld?)
7. Die Bargeldbegrenzung kann dazu führen, dass die Summe immer
weiter gesenkt wird und schließlich das Bargeld komplett abgeschafft
wird. Das kann dazu führen, dass man der Staats-/Bankenwillkür (Nega-
tivzinsen, Einziehung von Teilen des Ersparten) schutzlos ausgesetzt ist.
8. Ich glaube nicht, dass durch die Bargeldbegrenzung Mafia-
/Terrororganisationen eingeschränkt werden. Dann werden die Geldströ-
me auf andere Weise verschleiert.

Re: Absolut gegen eine Obergrenze!

Erstellt 19.02.2016 - 10:28 von Nutzer29

Schon in vorgeschichtlicher Zeit gab es Bargeld in Münzen, wie Ausgra-
bungen längst vergessener Kulturen zeigen. Man hat damals schon be-
griffen, dass Geld DAS Tauschmittel ist, das von nahezu jedermann ak-
zeptiert wurde. Geld abzuschaffen, wäre ein Schildbürgerstreich, der zum
Zusammenbruch vieler Branchen führen würde. Nach einer gewissen Zeit
des Lernens würde Bargeld wieder eingeführt werden. Das ist so sicher
wie das Amen in der Kirche. Nur wäre der Lernprozess ein schmerzhafter
Vorgang.
Schon jetzt sind Barzahlungen in 5-stelliger Höhe eher die Ausnahme.
Deshalb könnte ich eine Grenze von 20.000 bis 30.000 € akzeptieren, wo-
bei ich u.a. an den privaten Gebrauchtwagenhandel denke, dessen Niveau
jedoch mit den Jahren steigen wird.

Re: Absolut gegen eine Obergrenze!

Erstellt 20.02.2016 - 07:48 von StefanJ

Zitat: von Nutzer291
Schon jetzt sind Barzahlungen in 5-stelliger Höhe eher die Ausnahme. Deshalb könnte ich eine Grenze von 20.000 bis 30.000 € akzeptieren, wobei ich u.a. an den privaten Gebrauchtwagenhandel denke, dessen Niveau jedoch mit den Jahren steigen wird.

*Ja, und Vater Staat wird die Obergrenze so aktiv mitwachsen lassen wie bei der kalten Progression, den Bemessungsobergrenzen, usw. ... *LOL**

Re: Absolut gegen eine Obergrenze!

Erstellt 20.02.2016 - 09:37 von rupert1159

Das Problem ist nicht die „kalte Progression".
Jetzt wird zunächst mal entschieden, OB eine solche Begrenzung eingeführt wird.
Sowie bei den grenzüberschreitenden Bargeldbegrenzungen.
Und wenn das mal durch ist:
Kann man später deren HÖHE jederzeit reduzieren, faktisch bis auf null.
Und wie immer: einmal da kriegen wir sie nie wieder weg.
Terrorismus ist ja als vorgeschobenes Argument wirklich eine feine Sache: bloß sind die Jungs derart gut organisiert und vernetzt, dass sie schon lange ganz andere
Möglichkeiten haben.
Kaufen die ihren Sprengstoff im Fachhandel? Oder ihre Waffen?
Wann wurde der letzte Terrorist mit Millionen im Koffer vom Grenzschutz verhaftet?
Leute barzahlen kann man auch in USD, wie ich hörte ohnehin die dort gängigere Währung.
Nagelt euch euren 500er ans Knie, man will nicht an den IS 'ran, sondern an EUCH.

Diskussionszweig: Terrorbekämpfung ist eine Schutzbehauptung

Erstellt 15.02.2016 - 22:45 von apollo567 .

Terrorbekämpfung ist eine Schutzbehauptung zur Einführung einer stärkeren finanziellen Kontrolle der breiten Bevölkerung. Ziel ist langfristig die 'Finanzielle Repression' durchzusetzen, wie z.b. Negativzinsen, der man durch Bargeldhaltung entgehen kann.

Gleichzeitig wurde heute ein riesiger Umsatzsteuerbetrug im Umfeld des Energiehandels bekannt, durch den Terrorfinanzierung im Millionenbereich erfolgt ist. Denke solchen Betrug abzustellen wäre wichtiger für die Bekämpfung der Terrorfinanzierung und sinnvoller als die Einschränkung der Barzahlung und/oder die Abschaffung des EUR 500 Scheins.

Mein Geld- mein Recht!

Erstellt 17.02.2016 - 21:15 von Malika2000W

Wieso soll das eigentlich für alle Bürger gelten? Immerhin wird dem Sozialversicherungspflichtigem Steuerzahler doch alles bereits vom Bruttolohn abgezogen.
Ich sehe keinen einzigen Grund, weshalb bei diesen Menschen die Barzahlung ausgehebelt werden sollte.
Vielmehr sollten Politiker, Unternehmen, Millionäre usw. dazu "verurteilt" werden ihre Einnahmen und Ausgaben auf dem bargeldlosen Weg zu tätigen. Vielleicht wird dann auch endlich mal der Korruption in Deutschland Einhalt geboten. Die wächst und gedeiht ja wie Unkraut....
Der Rauschgiftmafia kann man so nicht beikommen, weil die unsere Gesetze überhaupt nicht interessieren und sie ihre krummen Dinger weiterhin ohne Angst machen werden.

Re: Bargeld ist nicht anonym! - aber das Beste, was wir haben!

Erstellt 19.02.2016 - 21:20 von wahr

Es ist nicht völlig anonym, aber anonym genug, wenn man es nicht selbst aus dem Automaten zieht, sondern von anderen Leuten bezieht. Viel entscheidender ist, dass es das Beste ist, was wir an Zahlungsmitteln haben.

Bargeld ist gedruckte Freiheit und der beste Datenschutz im Bereich Zahlungsmittel.

Außerdem verhindert es wirksam Negativzinsen. Bargeld nützt daher den Bürgern, nur den Banken nicht, die es gern abschaffen möchten: 1. um Ihre Macht ins unermessliche zu vergrößern, 2. weil es Handling Kosten verursacht.

Jetzt haben wir tausende Jahre Bargeld und auf einmal will man es uns nehmen - wer den Braten nicht riecht verdient es nicht besser.

Wie willst Du dann auf dem Flohmarkt bezahlen - anonym???

Erstellt 22.02.2016 - 15:01 von warntjens

Wie willst Du dann auf dem Flohmarkt bezahlen - anonym???, und wie gibst Du dem Straßenmusiker und dem Bettler auf der Straße ....., sollen die Lesegeräte bei sich führen, die die als Bettler sich nicht leisten können!!

Diskussionszweig: Bargeld ist die Urform des Tauschhandels

Erstellt 03.03.2016 - 23:25 von Nutzer2351336 .

Bargeld ist das Tauschmittel schlechthin. Die Grundlage des Handels, sowie auch der Freiheit. Es funktioniert seit hunderten bzw. tausenden von Jahren, daher hat sich dieses Zahlungsmittel bestens bewährt. Nur weil Computer Dinge gut kontrollierbar machen ist dies kein Grund, auf das Urmittel des Tausches und der Freiheit zu verzichten oder es massiv einzuschränken. So viel Terror kann es gar nicht geben, als das eine Ab-schaffung/Einschränkung des Bargeldes verhältnismäßig wäre. Terror kann dadurch auch gar nicht verhindert werden, dies ist lediglich ein vorgeschobenes Argument, um den Wunsch nach Vorratsdatenspeiche-rung und Verhaltenskontrolle aller Bürger durchzusetzen. Dies wieder-spricht aber gerade der Freiheit, für die wir uns entschieden haben. Die bestehenden Gesetze zur Meldepflicht nach dem Geldwäschegesetz stellen schon genug Einschränkungen dar und bieten auch genug Möglichkeiten um Terrorismus zu bekämpfen. Einen 100 prozentigen Schutz gibt es - wenn überhaupt - nur in einer unfreien Gesellschaft.

Dies sind nur einige Kommentare, die dort auf der Seite „Deut-scher Bundestag Petitionsausschuss" zu lesen waren.

Doch der breiten Öffentlichkeit blieb das Vordringen im Verborg-enen. Es gab aber auch Bürger, die glaubten nicht, dass ein solches Vorgehen sich realisieren lassen würde.

Man beschäftigte sich daher nicht mit der Thematik.

Am 19.09.2015 gab es in der Zeitung folgenden Beitrag:

Zitat: WIRTSCHAFT

„Minizinsen treiben wohl Bankgebühren

Frankfurt. Die niedrigen Zinsen fressen sich immer tiefer in die Bilanzen der deutschen Banken. Für die Zukunft drohen drastische Kostensenk-ungen und höhere Gebühren für den Kunden."

Ja, unter der Überschrift **„Banken ächzen unter Minizinsen – drohen jetzt höhere Gebühren",** war in der Zeitung (HNA) ein grö-ßerer Artikel von Jörn Bender und Erik Nebel eingestellt. Dieser sollte dem Leser aufzeigten, dass die goldenen Zeiten der Bankge-schäfte vorbei seien. Die Lage wurde als Ernst bezeichnet. Der Bundesverband öffentlicher Banken (VÖB) würde damit rechnen, dass generell Bankleistungen tendenziell teurer würden. Der Fi-nanzaufsicht Bafin wäre die Gratismentalität seit langem ein Dorn im Auge. Es wurde die Frage gestellt, ob man sich kostenfreie Gi-rokonten weiterhin leisten könne. Nach Einschätzung der Aufseher sollte aber keines der rund 1500 jetzt getesteten kleinen und mittle-ren Institute akut gefährdet sein.

Der Verbraucher, der Leser bekam einen Vorgeschmack auf dass, was sicherlich schon beschlossene Sache war. Höhere Bankgebüh-ren!

Am 08.03.2016 war in der „Waldeckische Landeszeitung" folgen-der Artikel.

„Billiggeld und Strafzins: Legt EZB nach? Mini Inflation und Konjunk-turschwäche: Europäische Zentralbank vor neuen Gegenmaßnahmen", von Jörn Bender und Friederike Marx.

„Frankfurt. Am Donnerstag könnte die Europäische Zentralbank (EZB) unter Präsident Mario Draghi in Frankfurt weitere Schritte im Kampf gegen die Mini – Inflation und Konjunkturschwäche beschließen – ein Jahr nach dem Start eines milliardenschweren Anleihen Kaufpro-gramms." „Warum wollen die Währungshüter nachlegen? Oberstes Ziel der EZB sind stabile Preise – und die definieren Europas Währungshüter bei einer Teuerungsrate von knapp unter 2,0 Prozent. Doch davon ist die Inflation trotz der Geldflut der Notenbank weiterhin meilenweit ent-fernt..."

Es wird also ein gewünschtes Preisgefüge künstlich erhalten. Wird aus von der EZB nicht beeinflussbaren Gründen, der Preis für Öl auf dem Weltmarkt günstiger, spürt dies schließlich auch der Ver-braucher, z.B. an der Tankstelle. Doch dies ist nicht erwünscht.

Hierzu wird schon angegeben, dass dies die jährliche Teuerungsrate drückt.

Sollte man nicht alle Preise die zur angeblichen Inflationsberechnung dienen, offenlegen und angeben von welchen Artikeln sie zu Grunde gelegt wurden? Woraus errechnet man die angebliche Inflation? Bekommt sie jeder zu spüren?

Beispiel: Eine Rentnerin, die keinen Führerschein hat, also auch kein Fahrzeug, die mit Strom oder Gas heizt, merkt nichts von einer Verbilligung des Ölpreises. Sie merkt aber deutlich, werden Lebensmittel teurer, Strom und Gebühren der Kommune. Die Renten wurden extrem gekürzt. Viele Jahre gab es keine Erhöhungen. Die Rentenerhöhungen der letzten Jahre sind kaum spürbar. Was bleibt wirklich noch von einer Erhöhung übrig, sind die Krankenkassen- und Pflegekassenbeträge abgezogen? Reicht die Erhöhung überhaupt dazu nur ein Brot zu kaufen? Tatsache ist, diese Personen wurden gefühlt „enteignet".

Neuwagenpreise werden zweimal im Jahr erhöht. Nimmt man nur deren Erhöhung kommt man auf eine Preissteigerung die über 2 Prozent liegt. Doch hierbei sollte beachtet werden, dass hier ein hoher Grundpreis zu Grunde liegt, der dann prozentual erhöht wird. Die Summe der Erhöhung stellt aber für jemanden der nur 1000,-€ netto im Monat hat, eine vielfach höhere prozentuale Erhöhung, zum Gehalt bezogen, dar. Es spielt keine Rolle was erhöht wird, zu den Einkünften bezogen stehen sich Bürger mit niedrigen Einkünften immer schlechter, denn Gehaltserhöhungen von 1,8 Prozent oder 2 Prozent lassen ihre Einkünfte nur unmerklich steigen. Sie werden dem zur Folge ärmer. Ihre Kaufkraft verliert stetig.

Dann die Frage: Wird bei der Berechnung zur Inflationshöhe berücksichtigt, dass Kommunen ihren Bürger höhere Gebühren abverlangen, so auch in den letzten Jahren eine stetig höhere Grundsteuer?

Dazu sind viele Lebensmittel von Butter, Gemüse, Fleisch usw. teurer geworden. Dies viel mehr wie bis 2 Prozent. Das Leben ist teurer geworden. Für das, was man im Portemonnaie hat, kann man weniger zum täglichen Leben kaufen. Sicherlich, es gibt auch Produkte, die in den letzten Jahren günstiger geworden sind. Hier muss aber die Frage gestellt werden kaufe ich einen Fernseher oder einen PC jedes Jahr? Natürlich nicht. Hierbei handelt es sich um Produkte, die ich vielleicht alle 10 Jahre einmal kaufe. Außerdem taucht hierzu noch eine Frage auf. Die Produkte sind zwar günstiger zu erwerben, aber sind ihre Qualität. Ihre Haltbarkeit noch so, wie bei den Produkten, die ich vor ein paar Jahren für etwas mehr Geld erwerben konnte? Sind sie wirklich günstiger geworden? Oder ist das Preisgefüge nur der Qualität, der Leistung angepasst?

„Was könnte die EZB noch tun? Viele Ökonomen nehmen an, dass die Währungshüter den Strafzins nochmals verschärfen…"

Seit Dezember soll der Strafzins bei 0,3 Prozent liegen. Banken stehen sich somit besser Kredite zu vergeben, als bei der Notenbank Geld zu parken.

„Gäbe es Alternativen zu höherem Strafzins? Theoretisch könnte die EZB auch ihre monatlichen Wertpapierkäufe ausweiten oder Grenzen aufweichen – wie die, dass die EZB nicht mehr als 33 Prozent der Anleihen eines Staates kaufen darf…"

Der KfW Chef Volkswirt Jörg Zeuner:*"Der niedrige Ölpreis lässt der Inflation keinen Raum zum Atmen. Doch die Lage ist nicht so gravierend, wie die Gesamtrate glauben macht. Da die Finanzmärkte eine Erholung der Rohölpreise erwarteten, sei für 2017 im Schnitt eine Inflationsrate von rund 2 Prozent wieder realistisch."*

Hier wurde schon von Strafzinsen gesprochen, von denen man jedoch die Privatanleger zunächst ausschließen wolle. Allianz Chef Oliver Bäte soll die Frage gestellt haben, ob das billige Geld überhaupt etwas bringt? Er kritisierte, dass dem Sparer in die Tasche gegriffen würde und irgendjemand anders erhielt das Geld. Er würde nicht glauben, dass dies gut sei.

Aber auch mit dieser Thematik beschäftigte sich die breite Bürgerschaft nicht. Viele hatten viel zu wenig, um Geld anlegen zu können, andere merkten nicht, dass sie hiervon betroffen waren bedingt durch ihre Einlagen bei Versicherungen.

Die Zinsen waren bereits zuvor immer weiter gesunken, die Inflationsrate fraß diese schon längst auf. Einige Filialen wurden aus Kostengründen geschlossen, in anderen Instituten wurde Personal freigestellt. Die Geldinstitute drehten auch mächtig an der Gebührenschraube. Mussten zunächst nur die Banken für das „Bunkern" von Geld einen Strafzins zahlen, sowie Großanleger, so blieben Kleinanleger auf Dauer nicht verschont. Auch sie mussten schließlich einen Minuszins zahlen für ihre Geldeinlagen, egal wie niedrig diese auch waren. Zahlungen mit Karte verteuerten sich. Gebühren wurden fällig, je kleiner der Betrag, desto höher war die Gebühr. Es war ratsam kleinere Käufe mit Bargeld zu begleichen.

Sicher wollten auch viele Bürger nach bekannt werden, dass sie Minuszinsen zahlen müssten, ihre Einlagen bei den Banken abheben. Warum sollte man noch Geld bei den Banken deponieren, wenn dies Geld kostete?

Der Run auf die Banken wurde den Einlegern erschwert. Bargeldabhebungen, so hatte man zuvor beschlossen, durften nur noch in kleiner Höhe erfolgen. Doch für diese Leistungen wurde eine relativ hohe Gebühr verlangt. Egal, der Kunde war immer der Dumme, derjenige, der wieder einmal zahlen sollte. In den Zeiten in denen von den Banken satte Gewinne erzielt wurden, merkte der Kunde nichts davon. Sicherlich, Anleger erhielten Zinsen auf ihre Anlagen. Benötigte man jedoch ein Darlehn, z.B. um ein Haus zu kaufen oder zu bauen, so zahlte man hohe Zinsen. Hier war ein Zinssatz in Höhe von 8 oder 9 Prozent keine Seltenheit. Die Banken verdienten sehr gut. Nicht selten bedienten sich die Aufsichtsräte maßlos. Ihre Bezüge uferten aus. Begrenzungen nach oben gab es nicht. Im Fall des Missmanagement und der geplatzten Spekulationsgeschäfte, der Fehlspekulationen, verloren zwar einige ihren Posten, aber sie brauchten nicht zu haften. Im Gegenteil, oft erhielten sie noch eine hohe Abfindung und auf die hohen Altersbezüge brauchten sie auch nicht zu verzichten.

Bei der Entscheidung, dem Beschluss der Politiker spielte es auch keine Rolle, dass bei Schuldnerberatungsstellen die Erfahrung gemacht wurde, dass die Personen, die eine Privat Insolvenz anstrebten, überwiegend nur mit Karte gezahlt hatten. Sie hatten durch die Kartenzahlung jegliche Übersicht verloren. Die Kontoauszüge holten sie teils nicht ab oder sie wurden ungelesen zur Seite gelegt. Bei all den vielen Buchungen hatte man keine Übersicht mehr. Solange irgendjemand die Karte noch akzeptierte konnte man damit bezahlen. Jeglicher Umgang mit Geld war ihnen verloren gegangen.

Es spielte für die Politiker auch keine Rolle, dass am 17.10.2017 über Rundfunk die Öffentlichkeit davor gewarnt wurde Online Banking und Online Bestellungen vorzunehmen. WLAN Netze waren gehackt worden und es bestand eine Sicherheitslücke. Nur dessen Rechner über einen Kabel mit dem Modem verbunden sei, der wäre auf der „sicheren Seite".

Den Politikern gab dies nicht zu denken. Ihr Beschluss stand schon längst fest. Es interessierte sie nicht, dass das System gar nicht sicher war. Die Hacker waren den Sicherheitsexperten immer einen Schritt voraus. Privatpersonen waren größtenteils auf die Sicherheitsstandards ihres Betriebssystems, ihrer Anti Vieren Programme und dergleichen angewiesen.

So wie Hacker diese Systeme hackten, so bestand für sie auch die Möglichkeit die neuen Bankkarten unsicher zu machen. Diese Bankkarten, ausgerüstet mit WLAN gab es schon Versuchsweise. Sie sollten jetzt Standard werden. Der Vorteil wurde angepriesen, dass man nur noch in die Nähe des Geldautomaten oder einer Kase kommen muss und die Daten könnten über WLAN übertragen werden. Kunden ließ man keine andere Möglichkeit. Sie könnten nur das WLAN deaktivieren.

Trotz alldem, das Bargeldverbot wurde beschlossen.

Wie beim Einführen oder Beschließen von anderen wichtigen Aspekten die Bevölkerung betreffend, bekam diese kein Mitsprachrecht. So bei der Euro Einführung, der geänderten Rechtschreibreform, der Einführung des Solidaritätszuschlageses und dessen Fortführung. Dieser wurde entgegen zuvor gemachter Zeitbegrenzung nicht zurückgenommen. Im Gegenteil, die Politiker fanden immer wieder einen Grund ihn beizubehalten.

Die Beitragszahler der Krankenkassen wurden auch nicht zum Beschluss der sich veränderten Kostenanteile, die zu ihren alleinigen Lasten führen sollten, befragt. Es fand ein Beschluss über die Köpfe hinweg statt. Sie durften nur zukünftig alle Beitragserhöhungen allein bezahlen.

Auch die Hilfspakete an Griechenland wurden mit Steuergeld finanziert, ebenso der Schuldenschnitt Griechenlands. Dieser blieb vor der Bundestagswahl bewusst ein Tabuthema. Darüber hinaus wurde die Bankenrettung und vieles Weitere mehr was die Asylpolitik angelangt, mit Steuergeld finanziert. Die Bevölkerung Deutschlands wurde bei all dem außen vorgelassen und vor vollendete Tatsachen gestellt. Die deutsche Bevölkerung wurde zur „Melkkuh". Die Wirtschaft lief gut, die Steuereinnahmen übertrafen die Schätzungen.

Andere Länder in der Eurozone muteten ihren Bürgern längst nicht solche Lasten auf. Nicht nur das dort die Anzahl der erhobenen Steuern niedriger war, die zu leistenden Steuern ebenfalls. Hier durfte die Bevölkerung auch früher in Rente gehen. Zudem war die Rentenhöhe besser wie in Deutschland trotz der dort angefallenen niedrigeren Zahl an Arbeitsjahren Auch die im Land herrschenden Unterschiede, wie hier zwischen Pensionen bei Beamten zu Renten, gab es dort nicht. Die anderen Länder waren inzwischen wesentlich sozialer als Deutschland.

Der Beschluss des Bargeldverbotes erfolgte am 27. Oktober 2017, direkt nach der Bildung der neuen Regierung. Da die Bundeskanzlerin für weitere vier Jahre gewählt wurde, konnte sie jetzt die Umsetzung schnell vorantreiben.

Ab Januar 2018 sollte das Bargeldverbot greifen.

Die Veröffentlichung wurde jedoch ganz bewusst bis zum 01. Dezember 2017 zurück gehalten, erst dann wurde die Presse informiert und anschließend die Bevölkerung.

Jeder Bürger wurde in diesen Veröffentlichungen dazu aufgefordert bis allerspätestens 31. Dezember 2017 sein gesamtes Bargeld auf sein Konto einzuzahlen, da es ab 01. Januar 2018 verfallen und jeglichen Wert verlieren würde.

Die meisten Leute dachten zunächst an einen schlechten Scherz. Sie glaubten nicht was sie hörten.

Erst als die Nachrichten täglich darauf hinwiesen, fingen sie langsam an die Sache ernst zu nehmen und versuchten sie zu begreifen.

Welche Auswirkungen würde dies mit sich bringen, fragten sich die meisten Bürger. Wie sollte das funktionieren? Kein Bargeld mehr, nur noch Bargeldlos zahlen.

Als Elise und ihr Mann Gottfried diese Nachrichten aus dem Fernseher hörten, riefen sie zunächst ungläubig ihren Sohn Michael an. Michael war an der Arbeit und hatte noch keine Nachrichten hören können. Er versuchte seine Eltern zu beruhigen und versprach sich zu informieren und zurückzurufen.

Michael fragte seine Kollegen ob sie schon von diesen Nachrichten gehört hätten.

Sein Kollege Philip, der sich vor Arbeitsbeginn am Kiosk eine Zeitung gekauft hatte, ging los diese zu holen. Sie steckte noch in seiner Aktentasche. Er nahm sie und ging zu den anderen Kollegen zurück. Dort schlug er die zusammengewickelte Zeitung auf.

Vorn auf der Titelseite lassen sie dann in großen Lettern geschrieben, -**Bargeldverbot in Deutschland ab 01. Januar 2018 -,** darunter zahlen sie bis spätestens 31.12.2017 ihr Geld auf ihr Konto bei ihrer Bank ein.

Philip laß den weiteren Text hierzu laut vor.

„Die Mehrheit des Parlaments hat beschlossen, dass ab 01. Januar 2018 nur noch bargeldlos in Deutschland bezahlt werden kann und der Euro in Form von Bargeld ab dann jeglichen Wert verliert. Die sich im Ausland befindlichen Euro Barbestände würden ebenfalls ihren Wert verlieren. Sie sollen ebenfalls auf Konten eingezahlt werden oder es müsste ein Eintausch in die jeweilige Landeswährung erfolgen. Gezahlt werden kann zukünftig nur noch Bargeldlos mit der Bankkarte, mit Geldwertkarten oder Geldguthaben, die auf Handys gespeichert sind. Die Geldwertkarten können bei Unternehmen erworben werden. Die Werte werden von ihrem Konto eingezogen. Beim Vorlegen der entsprechenden Geldwertkarte bei ihrem Einkauf wird dann der Kaufbetrag der erworbenen Ware vom Guthaben der Geldwertkarte abgezogen. Die Geldwertkarten können jederzeit wieder mit einem Guthaben aufgefüllt werden, natürlich nur solange, wie eine entsprechende Kontodeckung vorliegt.

Die Bevölkerung wird gebeten ihre Bargeldbestände bis spätestens 31.Dezember 2017 bei den Banken einzuzahlen. Eine spätere Einzahlung ist nicht mehr möglich, dass behaltene Bargeld verliert die Kaufkraft, hat nur noch ideellen Wert."

Sprachlosigkeit, entsetzte Gesichter im Großraumbüro.

Ältere Mitarbeiter setzten sich, sie wurden ganz blass. Das war ein Schock!

Lisy: „Muss ich jetzt beim Bäcker meine 2 Brötchen schon mit Karte bezahlen? Wie bezahlt mir Tom das Plunderteilchen, welches ich ihm täglich vom Bäcker mitbringe? Kann ich dem Student, der am Martinsplatz steht und wunderbar Geige spielt zukünftig keinen Euro mehr geben? – Keinem Bettler eine milde Gabe mehr zukommen lassen?"

Der Teamleiter, der hinzugekommen war und auch den Artikel laß, ergriff das Wort.

„Ja, das bedeutet, dass nur noch Bargeldloser Verkehr ermöglicht wird. Spenden sind nur noch möglich, wenn der andere ein Konto hat und die Spende an ihn überwiesen wird, sei es auch nur 1 Euro.

Sämtliche Geldbewegungen sind zukünftig nachvollziehbar bis ins kleinste Detail. Es ist überprüfbar für was das Geld ausgegeben wird, wem du Geld zukommen lässt und wo sich Geldguthaben befinden. Der Notgroschen, den jemand sich bislang zu Hause aufbewahrte, wird nicht mehr möglich sein. Wir werden gläsern, Finanzsysteme und Sozialsysteme erhalten somit überschaubare Daten. Sie können auf Vermögen zurückgreifen, das bislang nicht bei den Banken einlag. So werden beispielsweise Mieteinnahmen ersichtlich, die bislang dem Finanzamt und den Sozialsystemen nicht als Einnahmen gemeldet wurden, aber auch andere Einkünfte von zum Beispiel Arbeiten in Haushalten, wobei keine Meldungen an die Knappschaft erfolgten, sind nicht länger geheim zu halten, ebenso illegale Beschäftigungen, die bisher über Bargeld Entlohnung abgewickelt wurden. Selbst der Verkauf persönlicher Dinge, wie der Gänsebraten vom Bauer zu Weihnachten, die gebrauchte Kamera die privat veräußert wurde, das Auto welches du kaufst, all dies wird ersichtlich und nachweisbar.

Denkt mal weiter.

Der Staat hat weniger Kosten. Es braucht kein Bargeld in Umlauf gebracht zu werden, keine Banknoten mehr gedruckt. Der Aufwand hierfür ist sicherlich nicht gering. Das wird zukünftig eingespart, der Posten entfällt, wie auch der für Lagerkapazitäten.

Dazu kommt, dass der Staat sich dadurch höhere Steuereinnahmen verspricht. Die Kontenbewegungen sind einsehbar, der bisherige Bargeldverlauf ist dies nicht. Schenkst du jemanden 50,-€ in einem Umschlag zum Geburtstag, so ist dies bislang nicht nachvollziehbar. Zukünftig muss der Beschenkte vielleicht die Schenkung noch versteuern. Auch Schwarzarbeit wird man durch das Bargeldverbot erschweren.

Vielleicht führt das Finanzsystem danach auch eine Besteuerung für private Veräußerungen ein.

Tatsache ist auch, dass die Sozialsysteme durch das Bargeldverbot die Möglichkeit erhalten werden eher und mehr Eingriffe in das persönliche Vermögen vorzunehmen.

Nehmen wir nur die Mieteinnahmen, die bislang nirgends gemeldet wurden. Auch diese Einkünfte sind gegebenenfalls Sozialversicherungspflichtig, aber auch der zweite 450,- Euro Job, der bislang nicht gemeldet wurde.

Selbst, was bislang der Notgroschen war, Geld, was für die Beerdigung oder für einen Notfall zu Hause zur Seite gelegt wurde, selbst dieses Geld ist zukünftig vor dem Sozialsystem nicht mehr sicher. Es ist dann als Vermögen sichtbar, selbst wenn der Sparer dies mühselig über Jahrzehnte zur Seite gelegt hat, sich vom Mund absparte. Es spielt dabei dann auch keine Rolle mehr dass er es von Einkünften unter dem Existenzminimum sparte. Diejenigen werden für ihre Sparsamkeit bestraft, dafür, dass sie eine gewisse Vorsorge für Notfälle, für ihre eigene Beerdigung oder Sonstiges an die Seite legten, vielleicht auch nur für Geschenke an ihre Liebsten in Form von Bargeld."

Die Mitarbeiter hörten ihrem Teamchef aufmerksam zu.

Er hatte Recht. Das ganze Ausmaß dessen, was mit dem Bargeldverbot ausgelöst wird, war nur annährend zu erahnen und in keiner Weise überschaubar.

Für den Bürger war es ein gravierender Eingriff in seine persönlichen Rechte und seine Freiheit.

§ 14 Bundesbankgesetz lautet:

„(1) Die Deutsche Bundesbank hat unbeschadet des Artikels 128 Absatz 1 des Vertrages über die Arbeitsweise der Europäischen Union das ausschließliche Recht, Banknoten im Geltungsbereich dieses Gesetzes auszugeben. <u>Auf Euro lautende Banknoten sind das einzige unbeschränkte gesetzliche Zahlungsmittel.</u> Die Deutsche Bundesbank hat die Stückelung und die Unterscheidungsmerkmale der von ihr ausgegebenen Noten öffentlich bekanntzumachen.
(2) Die Deutsche Bundesbank kann unbeschadet des Artikels 128 Absatz 1 des Vertrages über die Arbeitsweise der Europäischen Union Noten zur Einziehung aufrufen. Aufgerufene Noten werden nach Ablauf der beim Aufruf bestimmten Umtauschfrist ungültig.

Was der Satz „Auf Euro lautende Banknoten sind das einzige unbeschränkte gesetzliche Zahlungsmittel" bedeutet, erklärt die Bundesbank auf ihrer Homepage:

Als gesetzliches Zahlungsmittel bezeichnet man das Zahlungsmittel, das in einem Währungsraum aufgrund gesetzlicher Regelung von jedermann zur Tilgung einer Geldschuld akzeptiert werden muss. Im Euroraum ist Euro-Bargeld das gesetzliche Zahlungsmittel; nur die Zentralbanken des Eurosystems dürfen es in Umlauf bringen. In Deutschland sind auf Euro lautende Banknoten das einzige unbeschränkte gesetzliche Zahlungsmittel. Euro-Münzen sind beschränkte gesetzliche Zahlungsmittel, da niemand verpflichtet ist, mehr als 50 Münzen oder Münzen im Wert von über 200 Euro anzunehmen. Deutsche Euro-Gedenkmünzen sind im Inland gesetzliches Zahlungsmittel."

Profitieren vom Bargeldverbot würden der Staat, sein Steuerwesen, die Sozialsysteme und Banken.

Doch auch wenn als Argument höhere Einnahmen des Staates und des Sozialsystems gesehen wurden, war es dies wert? Den Bürgern nahm man die Freiheit mit ihrem Geld beliebig umzugehen, zu kaufen was und wo sie es wollen, ohne dass dies nachzuvollziehen war? Es war ohne Bargeld nicht mehr möglich Geld zu spenden, Geld zu verschenken, zu verspielen ohne dass dies genau dokumentiert wird anhand jeder Kontobewegung bei Bargeldlosem Verkehr.

Im Büro wurde weiter diskutiert. Telefone klingelten, jedoch ignorierte man dies. Keiner arbeitete weiter. Von diesem Gesetz waren sie alle betroffen.

Sie fühlten sich von der Politik wieder einmal mehr übergangen und verraten. Wieder einmal entschieden die verantwortlichen Politiker, die Volksvertreter, nicht zum Wohle des Volkes, nicht im Sinn des Volkes, der Bürger, die sie angeben, zu vertreten.

Es wurde zwar zur Begründung die Terrorbekämpfung angegeben, aber es gab keine Beweise dafür. Weder der 500,00 € Schein, noch das Bargeldverbot dienten hierzu. Terroristen und andere Kriminelle zahlten nicht nachweislich überwiegend mit Bargeld.

Hier spielten andere Interessen eine Rolle, die die Politiker verfolgten. Das Volk wurde vor vollendete Tatsachen gestellt.

Sollte man auch dies hinnehmen? Bestand noch eine Möglichkeit dass das Gesetz ausgesetzt wird?

Nicht nur in diesem Großraumbüro, wo Michael seinen Arbeitsplatz hatte, wurde diskutiert. Das aktuelle Thema hatte sich inzwischen wie ein Lauffeuer herum gesprochen.

Michaels Arbeitgeber, ein größerer Industriebetrieb, am Standort zwischen 850 und 900 Mitarbeitern, berief kurzfristig nach der Mittagspause eine Betriebsversammlung für alle Arbeitnehmer ein. Ein Mitarbeiter des Betriebsrates kam in das Büro und sprach mit dem Teamchef, Herrn Antorias. Das Bild in den anderen Büros im Betrieb musste ähnlich sein. Nach Auskunft des Betriebsrats soll die Arbeit im Betrieb zum Erliegen gekommen sein.

Überall wurde fassungslos diskutiert, auch an den anderen Standorten, in anderen Städten.

Am PC über Internet verfolgten einige die neuesten Nachrichten.

Diese überschlugen sich. Reporter hatten sich unter das Volk gemischt und fragten Passanten zu ihrer persönlichen Meinung zu diesem Thema.

Manche waren noch völlig ahnungslos. Sie hatten bislang weder eine Zeitung gelesen, noch im Fernseher oder über das Radio Nachrichten verfolgt. Sie glaubten sich teilweise in der Sendung

„Verstehen sie Spaß", dachten „auf den Arm genommen zu werden".

Überall zunächst Sprachlosigkeit und Fassungslosigkeit. Wie kamen die Politiker dazu, so etwas zu beschließen? Dies war wieder einmal nicht im Interesse des Volkes!

Es sollte kein Bargeld mehr geben? – weder Münzen noch Scheine! Nicht vorstellbar!

Keiner dachte beim Wegfall des 500,-€ Schein, dass dies nur ein Anfang war. Der Anfang des Bargeldlosen Verkehrs.

In den Nachrichten zeigte man einen kleinen Jungen von 4 – 5 Jahren. In seinen Händen hält er ein Sparschwein. Der Junge weinte. Im Kindergarten hatte er die Unterhaltung zweier Erzieherinnen mitbekommen. Er fragte sie, verstand er doch nur, es gibt kein Geld mehr. Sie hatten ihn daraufhin erklärt, dass er sein Sparschwein schlachten müsse und die Eltern sein Geld auf einer Bank abgegeben müssen. Es würde dann bei der Bank gutgeschrieben. Dies verstand der kleine Junge jedoch nicht. Er schluchzte, „ich möchte mein Geld nicht der Bank geben, ich will mein Sparschwein behalten. Ich möchte mir davon ein Fahrrad kaufen. Außerdem kaufe ich meiner Mutti von dem gesparten Geld zum Geburtstag eine Blume."

Der Berichterstatter stellte nach diesem Bericht die Frage in den Raum, wie das zukünftig gehen soll. Sollen auch schon so kleine Kinder bargeldlos einkaufen? Sollten auch sie zukünftig ihre Geldgeschenke buchmäßig verwalten? Wird der Taschengeld – Paragraf hinfällig?

Michael und seine Arbeitskollegen und Kolleginnen wurden durch diesen Beitrag noch mehr aufgewühlt. Teils hatten sie selber Kinder die auch hin und wieder von Verwandten oder anderen Personen kleine Geldbeträge geschenkt bekamen. Auch belohnte der eine oder andere sein Kind mit einem Geldgeschenk bei guten Leistungen, bei guten Noten in der Schule, bei Mithilfe zu Hause. Wie würden ihre Kinder das neue Gesetz aufnehmen?

Bisher wurden sie so erzogen, dass sie über ihr Geld verfügen durften, sich kleinere Dinge auch selbst kaufen konnten. Sie erlernten somit den Umgang mit Geld. Sparten sie, konnten sie sich auch einen größeren Wunsch erfüllen, gaben sie das Geld gleich aus, war dies nicht möglich.

Dies sollte alles wegfallen?

Im Büro waren sich alle einig. Jeder von ihnen wollte weiter mit Bargeld bezahlen können und dies wieder unbeschränkt. Sie waren einheitlich gegen das neue Gesetz des Bargeldverbotes.

Wer bargeldlos einkaufen will, könne dies ja ohne Einschränkung, aber anderen soll auch weiterhin die Möglichkeit gewährt bleiben mit Bargeld zu zahlen.

Um 13:30 Uhr begann die Betriebsversammlung. Keiner der Mitarbeiter fehlte. Viele Mitarbeiter baten um Wortmeldung. Eine offene Diskussion begann. Gab es zunächst auch einige Befürworter, gerade aus den Reihen der jungen Mitarbeiter, so änderte sich auch deren Meinung im Verlauf der Debatte. Sie erkannten durch die Diskussion die Tragweite. Nein, das wollten auch sie nicht.

Nach den unterschiedlichen Für- und Wider war sich die Belegschaft einig. Sie waren gegen das Bargeldverbot.

Doch was konnte ausgerichtet werden?

Der Betriebsrat und auch die oberste Führungsebene versprachen der Belegschaft sich mit allen ihnen gegebenen Mitteln sich dafür einzusetzen, dass das Gesetz gekippt wird.

Wie in diesem Betrieb ging es auch in anderen Betrieben. Die IG Metall hatte kurzerhand die Betriebsräte dazu aufgefordert Betriebsversammlungen in Absprache und Einvernehmen mit den Arbeitgebern durchzuführen.

In den Nachrichten gab es immer mehr Berichte zu diesem Thema. Es wurde ein „Brennpunkt", eine zusätzliche Sendung ins Programm aufgenommen, die am Abend nach den Nachrichten gesendet werden sollte. Verantwortliche Politiker wollte man kurzfristig dazu bewegen sich zu ihren Beweggründen zu äußern.

Dann erschienen sie, die ersten Berichte über Volksaufläufe in den großen Städten. Die Leute kamen friedlich zusammen, trafen sich auf großen Plätzen und demonstrierten gegen dieses Bargeldverbot. Alles verlief bislang ruhig trotz der immer größer werdenden Menschenmassen die zusammen kamen. Jede Altersgruppe war vertreten, Männer, Frauen, Kinder.

Die Polizei hielt sich zurück. Sie sollten zwar eine Versammlung verhindern, aber sie erkannten im Vorfeld schon die Ausweglosigkeit. Wie sollten sie sich gegen die Massen durchsetzen. Außerdem hatten sie keinen Grund, alles verlief friedlich. Zudem, es betraf auch sie.

Auch sie hatten eine persönliche Meinung zu diesem Thema, die mit der Ausführung ihres Berufes als Polizist nichts zu tun hatte. Sie hielten sich an die Gesetze. Würden die Versammlungen ausarten, gewalttätig werden, so würden sie einschreiten.

Auch im Betrieb von Michael hatte die Führung in der Betriebsversammlung signalisiert, dass sie damit einverstanden ist, dass die Belegschaft in der Stadt an einer friedlichen Demo teilnehmen darf. Der Belegschaft wurde es freigestellt weiter zu arbeiten oder daran teilzunehmen. Es wurde etwas Zeit eingeräumt damit Plakate und Banner erstellt werden konnten. Auf dem großen Platz des Betriebsgeländes wollte man sich dann treffen um gemeinsam zum Platz „Der Freiheit" zu gehen. Die Führungsriege wollte zuvor die Polizei von dem „Zug" informieren. Dies war nötig, da die Straßen dann für den Verkehr nicht mehr zu passieren wären.

Ja, in ganz Deutschland tat sich was. Was man bislang von den Deutschen nicht gewohnt war, so gingen sie nun alle auf die Straße. Keiner konnte sie aufhalten. Sie legten ihre Arbeit nieder. Die Wirtschaft ruhte. Geschäfte wurden vorzeitig geschlossen, es kam ja auch niemand der etwas kaufen wollte. In Berlin, an allen wichtigen Punkten, hatten sich die Menschen versammelt. Die Stadt war „dicht". Kein Rad drehte sich mehr in dort.

Die Bevölkerung zeigte nun, dass die Politiker mit dem Gesetz zu weit gegangen waren. Jetzt war ein Punkt erreicht, wo man die Bevormundung, den Eingriff in die persönliche Freiheit durch den Staat nicht mehr hinnehmen wollte. Dies wurde friedlich kundgetan.

Zuviel hatte der Staat in den letzten Jahren entschieden, wissentlich dessen, dass die Mehrheit der Bevölkerung nicht dahinter stand. Zu oft gab es Entscheidungen aufgrund derer die Bevölkerung zusätzlich belastet wurde, sei es durch höhere Steuern oder einer höheren Sozialbelastung. Renten waren gesunken, dass Renteneintrittsalter zusätzlich hinauf gesetzt. Durch die „Rettungsschirme" von EU Staaten verschuldete sich der Staat Emmens, sowie für die Rettung der Banken.

Was Griechenland betraf und das 3. Hilfsprogramm, so hatten sich die Europartner im Frühjahr 2017 auf Malta getroffen und auf einen weiteren Kompromiss geeinigt. Es sollten weitere Kredite freigegeben werden, damit Griechenland im Juli 2017 Forderungen über 7,4 Milliarden begleichen könne und im August noch 1,4 Milliarden. Eine umfassende Einigung stand noch aus.

Der IWF (Internationale Währungsfonds) hatte seine Teilnahme am Hilfsprogramm wiederholt in Frage gestellt, weil er die Tragbarkeit der griechischen Schulden anzweifelte.

Was kommt diesbezüglich noch auf Deutschland zu?

Kann Deutschland noch mehr Lasten stemmen?

Können die Bürger Deutschlands noch höher belastet werden?

Selbst nach massiven Kürzungen bei den Renten in Griechenland werden dort immer noch vergleichsweise bessere Renten gezahlt wie in Deutschland.

Hier eine **Gegenüberstellung** der pro Kopf Verschuldung in Griechenland, 27.04.2017 und der pro Kopf Verschuldung in Deutschland von u. 2015

Die Werte stammen von „HaushaltsSteuerung.de, einem Portal zur öffentlichen Haushalts- und Finanzwirtschaft."

Werte von Griechenland

27.04.2017   316 282 670 776   Staatsschulden absolut in

Griechenland.

Die Veränderung solle pro Sekunde 110,59 betragen.

29 303   soll die Pro- Kopf- Staatsverschuldung sein.

179,343% Staatsschulden in Prozent. Werte vom 27.04.2017, 11:53 Uhr.

Werte von Deutschland

2015   2813,53 Mrd. Euro Staatsschulden **nicht absolut** in

Deutschland.

34539   soll in 2015 die Pro- Kopf- Staatsverschuldung betragen haben.

Daten: *Statistisches Bundesamt*

Zu beachten ist, dass die hier angebotenen Daten nicht die vollständige Verschuldung von Bund, Ländern, Kommunen und gesetzlicher Sozial-

versicherung abdecken. Nicht erfasst sind v.a. die <u>Rückstellungen</u> (z.B. für die Pensionen von Beamten), da diese statistisch nicht berichtet werden. Die hier analysierten Schuldendaten decken mit den gesamten öffentlichen Geldschulden insofern nur einen Teil der eigentlichen Gesamtverschuldung ab. Die genaue Höhe der eigentlichen Gesamtverschuldung (inkl. Rückstellungen etc.) ist mangels flächendeckender Einführung der sog. <u>Doppik</u> nur in einem Teil Deutschlands bekannt. Entnommen werden können sie in doppisch rechnenden Körperschaften der <u>Bilanz</u> (Kernhaushalt) bzw. der <u>Konzernbilanz</u> (Kernhaushalt zzgl. Auslagerungen), die Teil des <u>Jahresabschlusses</u> (Kernhaushalt) bzw. des <u>Gesamt-/Konzernabschlusses</u> (Kernhaushalt zzgl. Auslagerungen) sind.

Wie kann es sein, dass wir laut dieser Quelle in Deutschland schon 2015 eine höhere pro Kopf Verschuldung hatten, wie Griechenland am 27.04.2017 und trotzdem als reich und vermögend dargestellt wird? Welche Last bekommen wir von unseren Politikern noch alles aufgebürdet, die nicht zu dem Wohl der deutschen Bevölkerung dient? Was kostet Deutschland die EU, welche Last trägt Deutschland aufgrund der Rettungspakete?

Die Steuerlast der Bevölkerung in Deutschland ist erschreckend hoch, von einem Sozialstaat merkte man nichts mehr. Die Einkommen sind so gesunken, dass junge Leute sich oft neben einem Fahrzeug, welches sie brauchten um zur Arbeitsstelle zu gelangen, kaum noch eine eigene Wohnung leisten konnten. Auch wenn man wollte, vielen war es nicht möglich wegen einem Kind aufzuhören zu arbeiten. Das Geld reichte einfach nicht. Gab es zwar ein Recht auf Kinderbetreuung, so waren dennoch die Möglichkeiten beschränkt. Was in mancher Großstadt möglich war, gab es im ländlichen Raum nicht. Zudem war die Betreuung verhältnismäßig teuer.

Kein Wunder, dass es in Deutschland immer weniger Kinder gibt.

Vielen war auch noch richtig bewusst, dass seit der Einführung des Euro die Kaufkraft des zur Verfügung stehenden Geldes kontinuierlich nachgelassen hat. Das Geld war gefühlt nur noch die Hälfte wert. Statistiken sollten zwar etwas anderes belegen, aber die Sachen, die Artikel, die man im täglichen Leben regelmäßig brauchte waren teurer geworden. Günstiger wurden zum Beispiel PC und Fernseher. Aber mal ehrlich, diesen brauche ich weder täglich, noch wöchentlich, noch monatlich, noch jährlich sondern je nach Haltbarkeit vielleicht alle zehn Jahre neu zu erwerben.

Die Schere zwischen reich und arm war noch nie größer. Eine Handvoll Leute besaßen mehr Geld als der Rest der Bevölkerung zusammen. Die einstige Mittelschicht war zusehends weggebrochen.

Auf viele Missstände wurde aufmerksam gemacht. Auch der VdK setzte sich für die Belange von Bürgern ein, doch der Staat nahm sich dessen nur bedingt an.

Ein Beispiel dazu ist die Mütterrente. Wurde einst beschlossen, dass jede Frau pro Kind ein Jahr auf die Rente angerechnet bekommen sollte, so änderte sich dies später dahin, dass mit der neuen Regelung nur Mütter, deren Kinder nach dem 1. Januar 1992 geboren wurden, in der Rente bessergestellt werden. Sie sollen drei Jahre angerechnet bekommen. Diese Ungleichstellung und Benachteiligung aller Frauen, die vorher ihre Kinder bekamen wurde oft angeprangert. Vergessen war der Einsatz dieser Frauen. Oft war es ihnen nicht möglich einen Beruf weiter auszuüben, eine ausreichende Kinderbetreuung gab es zu den Zeiten noch nicht. Später bekamen sie keine Gelegenheit mehr in ihren Beruf zurück zu kehren, da sie bei mehreren Kindern oft länger wie 10 Jahre zu Hause bleiben mussten. Auch Halbtagesstellen oder die Möglichkeit einer Teilzeitarbeit, zum Beispiel an nur drei Tagen in der Woche zu arbeiten, gab es nur sehr vereinzelnd.

Hinsichtlich der Verbesserung bei der Mütterrente gab es viel Widerstand um eine Änderung herbei zu führen. Letztlich bekamen die Frauen ein zweites Jahr pro Kind anerkannt. Ein Unterschied ist also immer noch gegeben und keine Gleichstellung, keine Gleichbehandlung.

Ohne Kinder ist ein Staat nichts. In Kriegen wurden die Söhne von Müttern eingezogen und oft später zu Grabe getragen. Die Mütter wurden nicht gefragt. Viele Mütter verloren während der Kriege ihren Ehemann und alle Kinder. Dem gegenüber ist es ein Almosen, wenn auch diese Mütter eine Gleichstellung von drei Rentenjahren pro Kind erhalten würden.

Ja, zu Zeiten der Deutschen Mark (DM) kam eine Familie noch mit einem Einkommen aus, auch von einem einfacheren Arbeitnehmer. Es reichte für ein Auto und war man sparsam auch für ein kleines Häuschen. Der dazugehörige Garten lieferte das Gemüse und Obst für die Familie.

Hiervon haben wir uns immer weiter entfernt.

Die stabile Währung der „DM" wurde den Deutschen mit dem Euro genommen. Kriterien, die man für die Aufnahme in die EU gesetzt hatte, wurden aufgeweicht. Länder traten bei, deren Finanzkraft geschönt war, die keine funktionierende Wirtschaft mehr hatten. Bald schon mussten diese Länder unter den „Rettungsschirm" und mit sehr viel Geld unterstützt und aufgefangen werden. Ein Fass ohne Boden? Korruptionen waren an der Tagesordnung.

Deutschland als Geberland musste seit dem viel dazu beitragen, dass diese Länder nicht in Konkurs gingen.

Griechenland war oft davor. Die griechische Bevölkerung litt darunter. So kam es dort dazu, dass Banken geschlossen blieben, dass Bürger kein Geld holen konnten und danach nur über minimale Beträge verfügen konnten.

Mit allen Mitteln wurde an Griechenland in der Eurozone festgehalten. Dann kam für die Griechen der Schuldenschnitt. Für Deutschland bedeutete dies eine zu tragende Last von vielen zusätzlichen Milliarden.

Vor den Wahlen blieb dieses Thema außen vor. Keiner der Politiker schenkte der Bevölkerung „reinen Wein" ein. Keiner sagte den Bürgern Deutschlands was für eine weitere Belastung damit zu tragen ist.

Jetzt sollte der deutschen Bevölkerung ihr Bargeld, ihr Zahlungsmittel genommen werden.

Ohne Bargeld kann kein Notgroschen mehr zur Seite gelegt werden, man ist ganz dem System unterworfen. Einem System, dem nicht mehr das rechte Vertrauen entgegen gebracht wird, ein System, welches selbst gerettet werden musste bedingt durch Missmanagement und Spekulationsgeschäfte, die platzten und sie an den Abgrund brachten.

Einem System, wo nur ein Tastendruck ausreichen würde um alles zu vernichten. Ja, man wäre den Banken völlig ausgeliefert.

Zudem sickerten in den letzten Jahren immer mehr Informationen durch, dass Banken direkt Angriffen von Hackern ausgesetzt waren. So stand ein kleiner Artikel am 17.02.2015 in der WLZ.

Online-Diebe stehlen Rekordsumme

„Moskau. Eine internationale Gang hat nach Auskunft von IT-Sicherheitsexperten in den vergangenen Jahren bis zu einer Milliarde Dollar (880 Millionen Euro) durch Onlineattacken auf Banken gestohlen. Sie hätten sich in die Computersysteme der Kreditinstitute gehackt, Informationen gesammelt und am Ende Geld überweisen oder bar auszahlen können, berichtete die russische IT-Sicherheitsfirma Kaspersky Lab. Die Bande mit dem Namen

„Carbanak" habe sich über gezielte Attacken Zugang zu einem Computer eines Angestellten verschafft und ihn mit ihrem Schadprogramm infiziert. Dadurch seien sie in der Lage gewesen, Computer anzuzapfen. Danach hätten sie alles, was sich auf den Bildschirmen der für die Betreuung der Geldtransfersysteme verantwortlichen Mitarbeiter abspielte, einsehen können."

In Fernsehsendungen wie WDR und HR gab es immer wieder Berichte über Bürger, deren Girokonto geplündert wurde, ohne ihr zu tun. Sie haben weder fahrlässig noch grobfahrlässig gehandelt. Plötzlich fehlten ihnen Beträge von nahezu 10.000,-€, unabhängig davon ob diese Summe auf ihrem Konto als Guthaben war oder nicht. Das gestohlene Geld wurde mittels Überweisung in ein Drittland transferiert. Eine große Bank mit Sitz u.a. in Frankfurt, wir nennen wir sie „P" Bank, kam so in die Schlagzeilen. Wie sich später herausstellte, wurden ziemlich zeitgleich von den Kundenkonten diese Beträge in ein Drittland überwiesen.

Der „P" Bank wollen damit keinerlei Unregelmäßigkeiten aufgefallen sein. Es war für sie auch nicht auffällig, dass ein Kunde, der nie sein Konto überzogen hatte, plötzlich dadurch mit nahezu 8500,-€ ins Minus kam. Eine Schuld ihrerseits wies man bei allen Vorgängen von sich ohne einen Beweis dafür anzutreten. Die Kunden erhielten keinerlei Erstattung, wurden noch zusätzlich mit hohen Überziehungszinsen belastet. Von Seiten der „P" Bank wurde behauptet, die Schuld liege beim Kunden. Die „P" Bank erstattete keinen Schadensersatz wie es andere Banken taten. Einer der Geschädigten, ein älteres Ehepaar erstattete Anzeige gegen die „P" Bank.

Die Angelegenheit ging vor Gericht. Mehrfach wurde die „P" Bank aufgefordert Sachen vorzulegen. Letztlich kam das Gericht zu der Ansicht, dass sie weder ein Verschulden des Kunden noch der „P" Bank feststellen können. Es kam zu einem Vergleich. Der Kunde bekam die Hälfte seines Schadens erstattet. Einen Nutzen hatte er jedoch davon nicht. Die Aufwendungen für den Rechtsanwalt und die Gerichtskosten verzerrten diesen Betrag bis auf einen Kleinstbetrag. Das ältere Ehepaar hatte nur viel Ärger, viel Bauchschmerzen bei all der ungerechten Behandlung.

Waren hier vielleicht auch Hacker tätig, die den „P" Computer direkt anzapften? Die „P" Bank würde dies nie zugeben. Ihr ist es auch egal eine Handvoll Kunden zu prellen bei der Masse an Kunden die sie hat. Kundenfreundlichkeit gehört nicht zu ihren Stärken, dies zeigen viele negative Berichte von Kunden im Internet.

Die Kriminalität auf diesem Gebiet nimmt ständig zu.

Wie sicher ist unser Geld, wenn nur noch alles bargeldlos von statten gehen soll?

Welche Sicherheiten hat der Kunde dass nicht ein Dritter über sein Konto verfügen kann?

Wie oft hört man von manipulierten Auszahlungssystemen, von anderen Methoden wodurch Kriminelle versuchen an Daten heran zu kommen. Hierbei wird immer raffinierter vorgegangen. Die Hacker sind immer einen Schritt voraus.

Welche Sicherheit hat die zunehmende Datenspeicherung?

Hierzu ein Beitrag „Augsburger Allgemeine"

„Vorratsdatenspeicherung in Deutschland:
Kaum ein Thema war in den vergangenen Jahren so umstritten wie die anlassunabhängige Speicherung von Telefon-, SMS- und Internetverbindungen der Bundesbürger. Polizei und Sicherheitspolitiker mahnten, ohne die Massenspeicherung sei der Kampf gegen Kriminalität und Terrorismus praktisch schon verloren.

Rückenwind bekamen die Kritiker der "VDS" durch die Rechtsprechung der vergangenen Jahre. Das Bundesverfassungsgericht hatte die deutschen Regelungen für eine Vorratsdatenspeicherung schon 2010 für verfassungswidrig erklärt. Und der EuGH kippte die EU-weiten Vorgaben 2014 - wegen Verstößen gegen Grundrechte.

Die Regierungskoalition ließ sich davon aber nicht beirren. Selbst Bundesjustizminister Heiko Maas (SPD), lange erklärter Gegner der Massenspeicherung, kippte schließlich unter dem Druck seines Parteichefs Sigmar Gabriel um. Im Oktober 2015 beschlossen Union und SPD gegen den Widerstand der Opposition eine neue Vorratsdatenspeicherung. Mitte Dezember vergangenen Jahres trat das Gesetz dann in Kraft.

Den neuen Regeln zufolge müssen Telekommunikationsanbieter die IP-Adressen von Computern und Verbindungsdaten zu Telefongesprächen zweieinhalb Monate lang aufbewahren. Standortdaten bei Handy-Gesprächen sollen vier Wochen gespeichert werden. Die Behörden dürfen diese Daten zur Verfolgung bestimmter schwerer Straftaten nutzen - etwa bei der Bildung terroristischer Gruppen, Mord oder sexuellem Missbrauch."

Erstmal bleibt alles beim Alten

Fünf Monate gilt das Gesetz jetzt. Doch eine Vorratsdatenspeicherung gibt es in Deutschland noch nicht - und wird es auf absehbare Zeit auch nicht geben. Denn die Anbieter müssen die Vorgaben erst zum 1. Juli 2017 endgültig umgesetzt haben. Bis dahin bleibt erst einmal alles beim Alten.

"Aktuell speichern wir Kundendaten ausschließlich im Rahmen der Rechnungserstellung, zu Nachweiszwecken bei Rechnungsbeanstandungen oder zur Behebung von Störungen oder Bekämpfung von Missbrauch an Telekommunikations-Anlagen", betont man bei M-Net in München.

"Aktuell speichern wir keine Daten nach den Regeln des Telekommunikationsgesetzes (TKG) zur Vorratsdatenspeicherung", heißt es auch bei Vodafone. Und Andreas Middel, Sprecher der Deutschen Telekom, betont, dass der Konzern seine Speicherabläufe ebenfalls noch nicht geändert habe. "Die Deutsche Telekom speichert nur Daten, die sie für die Geschäftsabläufe braucht - zum Beispiel für Rechnungen - und reduziert die gespeicherten Daten, wo sie kann."

Wie die Anbieter die neue Datenspeicherung technisch umsetzen sollen, soll aus einem Anforderungskatalog hervorgehen. Doch selbst den gibt es noch nicht. Das Papier wird gerade erst von Bundesnetzagentur und Bundesbeauftragter für den Datenschutz erstellt. *"Für diesen Anforderungskatalog hat uns der Gesetzgeber bis zum 31. Dezember 2016 Zeit gegeben"*, berichtet Michael Reifenberg, Sprecher der Bundesnetzagentur. *"Dann haben die Anbieter noch sechs Monate Zeit, die Schnittstellen zu implementieren."*

Vorratsdatenspeicherung: Beim Bundesverfassungsgericht sammeln sich die Klagen

„Wenn sie dann überhaupt noch nötig sind. Fünf Verfassungsbeschwerden und ein Antrag auf Erlass einer einstweiligen Anordnung gegen die Vorratsdatenspeicherung sind derzeit beim Bundesverfassungsgericht anhängig", sagt Gerichtssprecher Michael Allmendinger. *"Verhandlungs- und Entscheidungstermine sind derzeit nicht absehbar."* Daneben hat der Internetprovider SpaceNet zusammen mit dem Internetverband eco eine Klage vor dem Verwaltungsgericht in Köln eingereicht.

Der Ausgang der Verfahren ist offen, Beobachter schließen nicht aus, dass zumindest Teile der geplanten Vorratsdatenspeicherung auch diesmal wieder von den Juristen gekippt werden könnten.

Die Provider kennen das aus leidvoller Erfahrung. *"Die alte Vor-ratsdatenspeicherung vor sechs Jahren hat uns rund zwei Millionen Euro gekostet"*, sagt Andreas Maurer, Sprecher bei 1und1 in Montabaur. *"Die lief nur sechs Wochen, bis sie vom Bundesverfassungsgericht kas-siert wurde."*

Vorratsdatenspeicherung kommt erst 2017 - wenn überhaupt - weiter lesen auf Augsburger-Allgemeine: http://www.augsburger-allgemeine.de/politik/Vorratsdatenspeicherung-kommt-erst-2017-wenn-ueberhaupt-id37892237.html"

Ende des Beitrages.

Immer mehr tauchen die Fragen auf: Dient das dem einzelnen Bür-ger? Welchen Nutzen hat er daraus?

Jetzt, wo nur noch bargeldlos gezahlt werden soll, würden die Bürger noch mehr mit Gebühren belastet. Eine Alternative wie bis-her würde wegfallen.

Was, wenn die Banken wie in der jüngsten Vergangenheit durch Spekulationsgeschäfte sich in den Ruin bringen, drohen Pleite zu gehen? Schon damals war es allein der Staat, der mit Milliarden die Banken stützte. Milliarden aus Steuergeldern. Warum wurden bei solchen immensen Summe die betreffenden Banken nicht verstaat-licht? Warum wurden nicht alle Verantwortlichen zur Rechen-schaft gezogen?

Michael hatte in der Zwischenzeit seine Eltern angerufen und ihnen bestätigt, dass sie die Nachrichten richtig verstanden hätten.

Michaels Vater begann sich zu erinnern an längst vergangene Zei-ten. Es war in den Anfängen seines beruflichen Werdegangs. Er erhielt am Ende des Monates vom Arbeitgeber eine Lohntüte. In dieser Tüte befand sich der Lohnstreifen, der die Berechnung des Lohnes aufzeigte, sowie in bar der Lohn. Es gab kein Girokonto, kein Gehaltskonto, wie erst später eingeführt.

„Bares ist Wahres", war zu der Zeit die Devise.

In manchen Bereichen blieb dies. Wurde bei einem Landwirt 2 Liter Milch geholt, bezahlte man dies sofort in bar. Kaufte man bei ihm Kartoffeln, Heu, Stroh oder gar Fleisch wurde dies ebenfalls sofort beglichen. Selbst wenn Tiere vom Hof verkauft wurden, erhielt der Verkäufer den Gegenwert sofort bar ausgehändigt. Dies handhaben auch die Hunde, Katzen oder Vogelzüchter so.

Es kam die Zeit, wo man ohne ein Girokonto keine Arbeit mehr aufnehmen konnte. Wurden anfänglich für ein Girokonto keine Gebühren verlangt, so änderte sich dies schnell. Für Abhebungen, Überweisungen, für Geldbewegungen wurde eine Gebühr fällig und in vielen Fällen auch für das Konto selber.

All dies und noch viel mehr bewegte sich in den Köpfen der Bevölkerung. Für die älteren war es auch schon ein besonderer Eingriff ihren Lohn nicht mehr bar in der Tüte zu erhalten, sondern überwiesen auf ihr Konto.

Vor Erneuerungen kann man sich nicht verschließen, man soll offen für etwas Neues sein, waren die Sprüche, die man oft hörte. Doch was brachte es dem einzelnen Bürger? Alles was angeblich zum Vorteil sein sollte entpuppte sich für den Normalbürger als etwas, für was er letztendlich zahlen musste, in welcher Form auch immer.

Profitiert hatten nur andere. Reiche wurden immer reicher, Arme immer ärmer im Land. Die frühere Mittelschicht war zunehmend weggefallen.

Sämtliche Gesetze, Regelungen, Gehaltserhöhungen usw. waren so geregelt, dass der „Kleine" weniger bekam oder für etwas im Vergleich prozentual mehr bezahlen musste.

Beispiele:

Eingangssteuersatz in 2015: 14%

Höchststeuersatz in 2015   42%, der Spitzensteuersatz greift ab 52882,-€

Freibetrag über 8355,-€ für jeden gleich.

Die Steuerlast beträgt laut Grundtabelle für 2017 bei einem Einkommen von 52 000,-€ für Einkommensteuer, Solidaritätszuschlag und Kirchensteuer 15 313,23€. Dazu gehen noch die Sozialabgaben ab. Verhältnismäßig wenig bleibt da an Netto übrig.

Sind 52882,-€ Jahreseinkommen ein Spitzeneinkommen?

Schon ein guter Facharbeiter erreicht ein solches Bruttoeinkommen. Kann jemand damit eine Familie ernähren? Was ist mit denen, die deutlich weniger an Bruttoeinnahmen haben? Die Abgabenlast drückt sie zunehmend. Kinder sind in Deutschland ein Armutsrisiko. Oft müssen beide Partner/Eheleute arbeiten um sich eine Wohnung leisten zu können und ein Fahrzeug um ihren Arbeitsplatz zu erreichen.

Ein Spitzensteuersatz sollte auch nur bei Spitzeneinkommen zu tragen kommen und nicht bei mittleren Einkommen.

Arbeit muss sich noch lohnen.

Das Existenzminimum sollte angepasst werden, entsprechend Berücksichtigung finden und steuerbefreit sein. Bei Ehepartnern sollte, sofern einer von ihnen eine so niedrige Rente erhält, dass er allein Grundsicherung beantragen könnte, die Rente bei der Besteuerung unberücksichtigt bleiben. Es kann nicht angehen, dass ein 450,-€ Job steuerfrei ist, aber eine Rente in gleicher Höhe der Besteuerung unterliegt bei der gemeinsamen Veranlagung. In dem Fall findet nicht nur eine Besteuerung der kleinen Rente statt, diese kleine Rente wird dem Einkommen des anderen Partners hinzugerechnet und erhöht somit auch noch den Eingangssteuersatz.

Beiträge an die Krankenkasse und an die Rentenversicherung:

Beitragsbemessungsgrenzen für 2015

	Alte Bundesländer	Neue Bundesländer
Beitragsbemessungsgrenze Rentenversicherung	72.600 EUR [6.050 EUR monatlich]	62.400 EUR [5.200 EUR monatlich]
Jahresarbeitsentgeltgrenze (*) Krankenversicherung	54.900 EUR [4.575,00 EUR monatlich]	54.900 EUR [4.575,00 EUR monatlich]
Beitragsbemessungsgrenze Krankenversicherung	49.500 EUR [4.125 EUR monatlich]	49.500 EUR [4.125 EUR monatlich]
Arbeitgeberhöchstzuschuss zur privaten Krankenversicherung	301,13 EUR monatlich	301,13 EUR monatlich
Beitrag zur Pflegepflichtversicherung [PVN]	2,35% monatlich + 0,25% wenn kinderlos	2,35% monatlich + 0,25% wenn kinderlos

(*) Arbeitnehmer die zum 31.Dezember 2002 bereits privat versichert waren, unterliegen einer Jahresarbeitsentgeltgrenze von 43.200 EUR [3.600,00 EUR monatlich].

Info aus Handelsblatt.com

Je höher der Verdienst, je weniger wird prozentual in die Sozialsysteme gezahlt. Bürger der ehemaligen DDR zahlen in all den Jahren der Wiedervereinigung bei gutem und sehr gutem Verdienst deutlich weniger in die Rentenkasse. Das kommt daher, dass dort die Beitragsbemessungsgrenze deutlich niedriger ist, wie in den alten Bundesländern. In den neuen Bundesländern werden die Gut- und Spitzenverdiener noch mehr geschont.

Zudem, je höher die Einkünfte, je höher die Möglichkeit steuerliche Vergünstigungen zu erhalten. Ein gering Verdienender kann sich keine Haushaltshilfe leisten, keinen Gärtner usw. deren Aufwendungen er steuerlich geltend machen kann.

In der Landwirtschaft ist es ebenfalls so.

Auch hier wird der kleinste Betrieb im Verhältnis mit zu hohen Beiträgen belastet, zum Beispiel in der Landwirtschaftlichen Berufsgenossenschaft, während auch hier die Beiträge für die großen Betriebe gedeckelt sind. Die Kleinen zahlen für die Großen mit ohne auch nur annähernd so gefördert zu werden. Bei Förderungen gehen kleine Betriebe oft leer aus.

Aber auch die Lohn – und Gehaltserhöhungen wurden über Jahrzehnte so abgeschlossen, dass nicht mehr jeder einen festen Betrag erhielt, sondern eine prozentuale Erhöhung stattfand. Man braucht kein großer Rechenkünstler zu sein um aufzuzeichnen wo dies hinführte.

So erhält ein Arbeiter (A), der 1000,-€ im Monat verdient bei einer 2%igen Erhöhung gerade mal 20,-€ brutto mehr. Verdiente er vorher 2500,-€ (B) erhält er 50,-€ monatlich mehr, bei 5000,-€ (C) sind es schon 100,-€, bei 10.000,- € (D) macht die Erhöhung 200,-€ aus.

Ein Jahr später gibt es eine Erhöhung wieder von 2%.

„A" hat 1020,-€ und erhält 20,40€ mehr, Jahresverdienst vor Erhöhung 12.000,-€, danach 12484,80€,

„B" hat 2550,-€ und erhält 51,00€ mehr, Jahresverdienst vor Erhöhung 30.000,-€, danach 31.212,00€,

„C" hat 5100,-€ und erhält 102,- € mehr, Jahresverdienst vor der Erhöhung 60.000,-€, danach 62424,00€,

„D" hat 10200,-€ und erhält 204,-€ mehr, Jahresverdienst vor der Erhöhung 120.00,-€, danach 124.848,00€.

Ein weiteres Jahr später gibt es eine Erhöhung von 4,4 %.

„A" hat 1040,40€ und erhält 45,78€ mehr, Jahresverdienst nun 13.034,16€,

„B" hat 2601,00€ und erhält 114,44€ mehr, Jahresverdienst nun 32585,28€,

„C" hat 5202,00€ und erhält 228,89€ mehr, Jahresverdienst nun 65170,68€,

„D" hat 10404,00€ und erhält 457,78€ mehr. Jahresverdienst nun 130.341,36€.

Nach nur drei Erhöhungen hat „D" eine weitere Differenz zu „A" aufgebaut in Höhe von 10.341,36€. Dies ist mehr, als „A" anfänglich im Jahr verdiente.

Dies zeigt, wie die Schere immer weiter auseinander triftet.

Bei dieser Berechnung unberücksichtigt blieb, was jedem von den vier Beispielen netto bleibt.

Tatsache ist jedoch, dass Brot beim Bäcker kostet für jeden gleich viel, wie auch Strom, Wasser und vieles mehr. Auch Kindergartengebühren sind meistens gleich, genauso wie Müllgebühren, Benzin usw.

Der Arme (schlechter Verdienende) wird also im Verhältnis immer ärmer, wird an den Gebührenschrauben gedreht und Gebühren erhöht. Ihn belasten sämtliche Lebensmittelerhöhungen mehr, sowie Erhöhungen im Sozialsystem, so auch die Erhöhungen der Krankenkassenbeträge. Erschwerend kommt noch hinzu, dass er sämtliche Erhöhungen der Krankenkasse allein tragen muss. Der Gutverdienende hat damit kein Problem, er bezahlt erst mehr werden die Belastungsgrenzen angehoben.

Derjenige, der nur ein geringes Einkommen hat, hat immer weniger die Möglichkeit sich Eigentum zu leisten, ihm verbleibt nichts für eine zusätzliche Altersvorsorge, ihm bleibt nichts oder nur sehr bescheidene Mittel um einen Rückhalt zum Beispiel für eine Urlaubsreise oder ein Auto zu bilden. Oft geht dies nur noch auf Kredit.

Die Folgen dieser über Jahrzehnte praktizierten Gehaltspolitik sind deutlich zu spüren. Vielen ist es kaum noch möglich eine Wohnung allein zu halten und einen PKW um zur Arbeitsstelle zu gelangen. Die Möglichkeit, sollten sie sich unter diesen Voraussetzungen dann doch noch für Kinder entscheiden, diese selbst in den ersten drei Jahren zu betreuen und erziehen, ist ihnen genommen. Ein Verdiener reicht in vielen Fällen nicht mehr aus um eine Familie zu unterhalten.

Diese Geringverdiener, aber auch ein Teil der etwas besser verdienenden können aus ihrem eigenen Vermögen nichts für ihre Altersvorsorge tun. Was wird, wenn sie das Rentenalter erreichen?

Schon heute stehen viele an der Armutsgrenze. Leute, die teilweise das ganze Leben gearbeitet haben. Manche von ihnen haben schon mit 13 / 14 oder 15 Jahren begonnen im Berufsleben zu stehen. Sie sind vielleicht schon in Rente oder werden diese in den nächsten 8 – 10 Jahren beziehen. Leute, die sich auf die Rente verlassen hatten und auf deren Höhe. Die Kürzungen der Rente konnten viele nicht

mehr auffangen. Für einige war es zu spät eine Altersvorsorge ab-
zuschließen, für andere wohl auch zu teuer.

Es ist ein Armutszeugnis für Deutschland, dass jemand, der das
ganze Leben gearbeitet hat keine vernünftige Rente bezieht von
dem er ohne Not seinen Lebensabend bestreiten kann.

Die Rentenerhöhungen in den vergangenen Jahren, sofern es denn
welche gab, reichten oft nicht um die Inflation auszugleichen. Leider war dies bei einigen Arbeitnehmern auch nicht anders.

Blickt man auf die Einführung des Euro, hat man das Gefühl, dass
es danach schlechter wurde.

Euro = Teuro

Dies bekam man oft zu hören.

Tatsächlich ist dies auch so. Ottonormalverbraucher kann sich seit
der Einführung des Euro weniger leisten. Hatte man für 100,00 DM
einen Einkaufswagen voll mit Waren zum täglichen Leben, so erhält man für 50,00 € höchstens noch einen halb gefüllten Wagen.

Für die, die es nicht mehr wissen, hier der Umrechnungskurs:
1 Euro = 1,95583 DM

Gehälter schrumpften teils spürbar, Einstiegsgehälter wurden geringer angesetzt, die früher geleisteten Weihnachts- und Urlaubs-
gelder entfielen in vielen Betrieben. Bei neuen Verträgen wurde es
oft so gehandhabt, dass Überstunden gleich mit dem normalen
Gehalt abgegolten waren. Es gab teils auch Festlegungen wie viele
Überstunden zusätzlich zur normalen Arbeitszeit zu leisten sind.
Dachte man diese würden nur eingefordert wenn dies betrieblich

notwendig war, so lehrte vielen der Alltag etwas anderes. Die Arbeitgeber forderten diese ein. Bei anderen Arbeitnehmern wurde zum Beispiel die Zeit nicht mehr bezahlt, wo sie den Firmen LKW beluden. Für sie begann die Arbeitszeit erst mit der Abfahrt. Zeitschaltuhren wurden so eingestellt, dass, kam man 1 Minute nach der vollen Stunde, man eine viertel oder gar eine halbe Stunde Minus notiert bekam.

Andere Arbeitnehmer wurden insofern ausgenutzt, dass sie zur Mehrarbeit genötigt wurden. Dies konnte schon in der Ausbildungszeit beginnen. „Du willst doch hier im Betrieb weiterkommen..."

Es führte dann dazu, dass es nicht immer einen freien Tag gab, für den 6. Tag, der gearbeitet wurde, dass zwischen Arbeitsende und Arbeitsanfang nicht mehr die Stundenzahl lag die vom Gesetzgeber vorgegeben wurde. Ein Verweigern oder eine Beschwerde führte höchstens dazu das gesagt wurde „wenn dir das nicht passt kannst du gehen, es gibt genug andere die hier zu den Bedingungen arbeiten möchten".

Betriebe von denen man dachte sie wären sozial waren alles andere als das.

Es waren nicht nur die Betrieb, die in der Öffentlichkeit angeprangert wurden.

Politisch wurden auch alle Wege dazu geöffnet, dass zunehmend Betriebe Zeitarbeiter einstellten über Zeitarbeitervermittlungen. Dies waren Stellen, die mit arbeitssuchenden Personen handelten. Sie vermittelten sie. Der Vermittelte arbeitete in einem Betrieb zeitweise, machte die Arbeit dort wie andere festangestellte Mitarbeiter. Bezahlt wurde er von der Zeitarbeitervermittlung. Längst bekam er nicht das Gehalt was die anderen Arbeiter in dem Betrieb erhielten. Er verdiente deutlich weniger, schließlich verdiente ja auch noch die Zeitarbeitervermittlung an ihm für ihre Vermittlung.

Diese Vermittlungsfirmen schossen aus dem Boden wie Pilze. Anscheinend ein lohnendes Geschäft.

Ansonsten gab es in der Arbeitswelt immer mehr befristete Verträge. Festanstellungen waren schon eher die Ausnahme. Die befristeten Verträge wurden nicht selten mehrfach verlängert und oft genug kam es anschließend doch nicht zu einer Festeinstellung. Diese Unsicherheit der Arbeitnehmer hatte Auswirkungen.

Es war einer der gravierenden Gründe sich gegen eine Familie zu entscheiden.

Deutschland liegt in der Geburtenrate weit hinter anderen Ländern.

Bei der Politik die betrieben wird kein Wunder.

In Deutschland lag einiges im Argen. Dies wurde jetzt den Bürgern so richtig bewusst, wo sie miteinander diskutierten. Es war als fielen ihnen Schuppen von den Augen. Sie wurden auf einmal sehend. Jetzt wurde offen über alles gesprochen.

Die Ankündigung des Bargeldverbotes hatte ein Ventil geöffnet.

In Berlin demonstrierten schon zahlreiche Bürger vor dem Kanzleramt. Wie lange würde es friedlich zugehen? Würde man den Befehl geben die Demonstrationen aufzulösen?

Ja, es sah fast so aus als hätte man in ein Wespennest gestochen. Wichtig war nun nicht noch weiter darin zu stochern.

Sandra und Lena Maria saßen währenddessen im Supermarkt an der Kasse. Lena Maria hatte dort eine Vollbeschäftigung, Sandra arbeitete auf 450,-€ Basis, verdiente dort seit Einführung des Mindestlohn 8,50€ die Stunde, der dann 2017 auf 8,84€ erhöht wurde. An diesem Morgen wurden sie häufiger angesprochen, „wissen sie schon etwas, bekommen sie andere Kassensysteme? Ist unter diesem Aspekt ihr Arbeitsplatz noch sicher?"

Beide wussten von nichts. Sie hatten erst von Kunden erfahren, dass das Bargeldverbot beschlossen wurde.

Die Fragen die ihnen gestellt wurden beschäftigten sie. Wusste der Marktleiter mehr? Sie hatten sich vorgenommen ihn zu fragen. Lena Maria konnte in die Pause gehen. Der Andrang an den Kassen hatte deutlich nachgelassen, so dass sie ihre Kasse vorübergehend schließen konnte.

Lena Maria nutzte diese Gelegenheit um zum Marktleiter zu gehen. Sie sprach ihn an. „Herr Santana, sie werden sicherlich schon etwas von dem Bargeldverbot ab Januar 2018 gehört haben. Wie wird es künftig hier im Geschäft gehandhabt? Die Kunden fragen uns schon, wissen sie etwas Näheres? Bis zu dem Zeitpunkt ist es ja nicht mehr lange."

Lena Maria merkte dass ihr der Marktleiter am liebsten ausweichen würde. „Ich kann mir nicht vorstellen, dass ein solch großer Betrieb mit Filialen in ganz Deutschland auch so vor vollendete Tatsachen gestellt wird wie wir", sprach Lena Maria und sah dabei ihren Marktleiter an. Herr Santana suchte ersichtlich nach einer Antwort. Zögernd antwortete er dann: „Frau Michel, wie sie sich vielleicht noch erinnern können, war ich vor einiger Zeit auf einer Schulung, eingeladen durch die Konzernführung. Bei dieser angeblichen Schulung an dem alle Marktleiter teilnahmen wurde uns mitgeteilt, dass andere Kassensysteme ab kommenden Jahr eingeführt werden sollen. Sie sollen in einer großen Aktion in allen Läden nach Schließung am Silvester und zwischen der Eröffnung im neuen Jahr installiert werden. Vom kommenden Bargeldverbot wurde nichts erwähnt, es wurde lediglich auf eine Kostenersparnis hingewiesen, die die neuen Kassensysteme mit sich bringen sollen."
„Werden wir dann überhaupt noch gebraucht?" „Frau Michel, sie sind gelernte Einzelhandelskauffrau, sie brauchen sich um ihren

Arbeitsplatz keine Sorgen machen. Wir brauchen nach wie vor gutes, geschultes Personal wie sie." „Was ist mit den anderen, Frau Lütke, Frau Sachsenberg, Frau Iknas und Frau Schwartz?" „Ich weiß es noch nicht. Die neuen Kassensysteme werden sicherlich anfangs noch mit Personal bestückt um den Kunden zur Hand zu gehen, ihnen zu zeigen, wie das System funktioniert. Nach dieser Übergangszeit kann es sein, dass wir die eine oder andere 450,-€ Kraft nicht mehr benötigen. Der Konzern verspricht sich schließlich auf lange Sicht eine merkliche Kostenersparnis." „Wann wollen sie das den Mitarbeitern sagen?" „Wir Marktleiter wurden von der Konzernspitze dazu verpflichtet zu schweigen. Ich bitte sie daher auch dieses Gespräch für sich zu behalten. Das Weihnachtsgeschäft steht uns bevor, da kann und will sich der Konzern keine Unruhen leisten. Gerade jetzt sind wir auf die 450,-€ Mitarbeiter angewiesen. Sie sind doch auch froh, wenn sie einigermaßen pünktlich gehen können und nicht ständig mehr als 10 Stunden arbeiten müssen und dazu noch auf ihren freien Tag verzichten müssen."

In diesem Punkt hatte der Marktleiter Recht. Laut Vertrag hatte sie eine 40 Stunden Woche, doch wie oft musste sie länger arbeiten. Das fing schon während der Ausbildung an. „Wollen sie hier was werden müssen sie auch mal länger arbeiten. Sehen sie, die anderen arbeiten doch auch länger", wurde ihr damals gesagt. Seitdem hatte sie zahlreiche Mehrstunden geleistet, kam auch schon mal nach Mitternacht nach Hause, weil noch Waren zum Auspacken bereit standen. Es kam auch vor, dass die Ruhezeit zwischen ihrem Arbeitsende und Arbeitsbeginn nicht eingehalten wurde. Zur Urlaubszeit, vor Ostern und Weihnachten, aber auch zu Pfingsten war es oft nicht möglich seinen freien Tag zu nehmen. Wie oft hatte sie schon an 6 Tagen in der Woche gearbeitet. Selbst wo sie umgezogen war bekam sie keinen Tag Urlaub gutgeschrieben. Alles erfolgte ohne Ausgleich, weder als Zeitausgleich, noch wurde die Mehrarbeit bezahlt. Im Gegenteil, hatte sie mal weniger Mehrstunden geleistet, so wurde sie persönlich vom Regionalleiter diesbezüglich angesprochen was mit ihr los sei, ob sie krank wäre oder nicht mehr hinter dem Betrieb stehen würde. Lena Maria kochte innerlich, sagte aber nur:" Die Kolleginnen können noch 1 + 1 zusammen rechnen, sie können sich schon denken, was mit dem Bargeldverbot auf sie zukommt. Vielleicht jedoch würde durch ein offenes Wort eher eine Unruhe im Betrieb verhindert, als wie die Heimlichtuerei."

Lena Maria trank nur noch etwas, dann musste sie zurück an die Kasse, da der Andrang zugenommen hatte und sich schon „Schlangen" bildeten.

Sandra: „Lena Maria konntest du etwas erfahren?" „Nicht direkt Sandra, unser Chef hat Mundverbot." „Wie?" „Die Marktleiter dürfen ihren Mitarbeitern nichts sagen, schließlich stecken wir mitten im Weihnachtsgeschäft." „Was hat das damit zu tun?" „Sandra, überlege, wer möchte jetzt Unruhen in seinem Laden." „Ja, du hast Recht. Daran habe ich noch nicht gedacht. Nun, kommen neue Kassensysteme?" „Das liegt doch auf der Hand. Es stellt sich nur noch die Frage was für welche. Denke mal an manche Systeme, so zum Teil bei Ikea, da scannt der Kunde seine Ware und bezahlt mit Karte. Es gibt nur noch einen Mitarbeiter zur Überwachung und der hilft wenn etwas nicht richtig funktioniert." „Dann werden wir ja ab nächstem Jahr nicht mehr gebraucht." „Vielleicht, die Wahrscheinlichkeit ist groß."

„Ich bekomme Bauchschmerzen". Lena Maria sah hinüber zur anderen Kasse. Sandra war sichtbar erblasst. „Sandra, musst du abgelöst werden? Soll ich klingeln?"

„Nein, es ist nur der Schock, die Vorstellung diese Stelle zu verlieren. Du weißt, ich bin Alleinerziehend, meine Tochter ist erst 9 Monate. Die 450,-€ Stelle ermöglichte mir viel Zeit mit meiner Tochter zu verbringen und trotzdem etwas dazu verdienen zu können. Meine Mutter kann nicht länger auf Sarah aufpassen. Sie arbeitet noch, hat eine 2/3 Stelle. Eine Betreuung für meine Tochter habe ich ansonsten noch nicht gefunden. Außerdem kann ich mir eine umfassende Betreuung nicht leisten." „Ich verstehe", erwiderte Lena Maria. „Bitte sag mir Bescheid falls es dir nicht besser geht." „Ja."

Die Tür zum Geschäft ging auf und viele Leute kamen in den Laden. Es waren Demonstranten. Sie hatten Plakate aber auch große Tücher, alte Laken, auf den groß stand: Bargeldverbot ohne die deutsche Bevölkerung! Auf einem anderen stand: Ihr Politiker wurdet gewählt um die Interessen des Volkes zu vertreten. Das Volk will kein Bargeldverbot! Auf einem anderen stand kurz: Bargeldverbot – nein danke!

Einige der Demonstranten gingen quer durch das Geschäft, andere kamen direkt zu den Kassen, zu Sandra und Lena Maria. „Wie, ihr arbeitet noch? Hört auf, alles Volk ist auf der Straße! Kommt mit uns. Ehe sie sich versahen wurden sie hoch gezogen. Der Marktleiter kam heran. „Das geht doch nicht!" „Niemand arbeitet mehr, sehen sie mal nach draußen, alle treffen sich zur gemeinsamen Demonstration. Wenn sie nicht mit wollen, so lassen sie doch die Frauen gehen. Die verlieren eh ihren Job wenn das Bargeldverbot kommt." Der Marktleiter errötete zunehmend. Um ihn reihten sich etwa fünfzig bis sechzig Personen. Sie alle redeten auf ihn ein. Schließlich sagte er zu Sandra und zu Lena Maria: „ Ich sehe dies als höhere Gewalt. Sie können sich hinten ihre Sachen holen und mitgehen. Ich werde die Kassen abschließen und dann auch das Geschäft schließen."

So gingen Sandra und Lena Maria mit den anderen um friedlich zu demonstrieren, wie ihre anderen Kollegen und Kolleginnen auch.

Egal wo in Deutschland, überall trafen sich die Bürger zur gemeinsamen Demo. Es schien wirklich so als seien alle Bürger auf der Straße. Selbst Bewohner von Seniorenheimen wurden von Pflegekräften begleitet um an der Demonstration teilzunehmen. In Schulen hatte man den Unterricht früher beendet, in den Betrieben standen die Bänder. Menschenmassen zogen durch die Straßen und lähmten allen Verkehr.

Hubschrauber kreisten über denen, die friedlich zusammen gekommen waren um sich einen Blick von oben zu machen.

Noch hatte kein Politiker eine Stellungnahme abgegeben. Wo waren sie?

Auf den Versammlungsplätzen hatte man provisorisch Mikrofone aufgestellt um Bürgern die Möglichkeit zu geben ihren Unmut zu verkünden. Jeder der wollte konnte sprechen. Es gab Bürger die verteilten an die versammelten Getränke und Kleinigkeiten zu essen. Vom Rotem Kreuz wurden bedarfsweise Decken verteilt, ansonsten waren sie zur Stelle bekam jemand gesundheitliche Beeinträchtigungen.

Die Bürger hielten zusammen. Noch mehr als bei der Wiedervereinigung.

Die Polizei hielt sich nur im Hintergrund beobachtend auf. Diese Versammlungen abwehren konnte sie nicht.

Den ganzen Tag hielten die Demonstrationen an. Erst am Abend lösten sie sich teilweise auf. Es gab aber auch Bürger die hielten es bis spät in die Nacht aus.

Für alle war klar. Solange nicht offiziell verkündet wird, dass das Bargeldverbot aufgehoben wird und damit vom Tisch, solange müssten die Demonstrationen anhalten.

Auch am Abend war von Seiten der verantwortlichen Politiker nichts zu hören. Im Fernsehen berichteten alle Sender von der Massendemonstration. Überall waren sie friedlich verlaufen. Auch aus dem Ausland kamen erste Kommentare. „So hat man Deutschland noch nie erlebt. Das Volk erhebt sich gegen die Politik. Nach dem Willen des Volkes soll Geld in Form von Münzen und Scheinen weiter uneingeschränkt Zahlungsmittel bleiben. Die Bürger

Deutschlands möchten nicht gläsern werden. Die Bürger Deutschlands möchten nicht noch mehr in ihrer Freiheit beschnitten und bevormundet werden. Der deutschen Bevölkerung reicht es."

Die Bürger, die das Wort vor den versammelten Demonstranten erfasst hatten, sprachen sich vieles von der Seele. Sie forderten ein Umdenken von der Politik.

Sie forderten, dass Arbeit auch wieder so bezahlt werden müsse, dass man davon leben und nicht nur überleben kann. Sie forderten ein neues Lohnsystem mit gleichen Lohnerhöhungen für alle. Der Verdienstunterschied einzelner Berufe soll konstant bleiben und sich nicht durch Erhöhungen ständig vergrößern. Bestimmte Berufsgruppen sollten in der Höhe ihrer Einkünfte begrenzt werden, so u. a. Fußballspieler, Vorstände. Sie fordern auch eine gerechtere Besteuerung der Einkommen. Die Deckelung der Beiträge in die Renten- und Krankenversicherung sollen wegfallen. Sie fordern eine kostenfreie Kinderbetreuung. Sie fordern eine Förderung von privaten Wohnungsbau. Sie forderten eine andere Bankenpolitik und dass das Girokonto wieder kostenfrei zu führen ist. Des Weiteren forderten sie die Mütterrente für alle Mütter auf drei Jahre anzugleichen, darüber hinaus wurde eine Grundrente gefordert. Jeder Bürger der ins Rentensystem Einzahlungen geleistet hat sollte eine Grundrente erhalten. Diese sollte dann aufgestockt werden für die Jahre, die er berufstätig war und Einzahlungen leistete. Bürger die aus gesundheitlichen Gründen nicht weiter arbeiten konnten, sollen die Jahre bis zum Rentenbeginn so angerechnet bekommen, als hätten sie weiter gearbeitet. Politiker, Beamte, ggf. auch Selbstständige sollten auch in dieses System Beiträge verrichten müssen. Die Pensionen sollten in der Art wie bisher nicht weiter gezahlt, nicht weiter geleistet werden, da dies auf Dauer vom Staat nicht mehr zu tragen ist. So soll beispielsweise ein Bürgermeister auch nur für die Amtszeit eine entsprechende Anrechnung erhalten, in der er als Bürgermeister gewirkt hat. Diese Berufsgruppen sollten so gestellt werden, wie auch die normalen Rentner, die auch nur für Jahre eine Rente erhalten, in denen sie gearbeitet haben. Alle sollten die Möglichkeiten haben mit 63 Jahren in Rente zu gehen ohne Abschläge. Behinderte Menschen mit mind. 50% oder Menschen mit 30% die eine Gleichstellung haben sollen ohne Abschläge mit 60 in Rente gehen können. Für alle Berufsgruppen soll dieses gelten. Ist berufsbedingt dies nicht möglich, ist derjenige intern im Betrieb mit einer anderen Arbeit weiter zu beschäftigen. Wer länger arbeiten möchte, dem sei dies freigestellt. Die Anzahl der gearbeiteten Jahre schlägt bei der Rentenhöhe zu buche. So gibt es Leute, die erst mit 26 Jahren erstmalig Geld verdienen und dann erst Einzahlungen vornehmen, andere beginnen mit 15 Jahren einen Beruf. Arbeitet dieser voll durch hat er mit 63 Jahren 47/48 Jahre gearbeitet. Diese Anzahl hat der, der mit 26 Jahren erstmalig arbeitet erst im Alter von 74 Jahren erreicht.

Aus dem System der Rentenkassen und Sozialkassen soll auch nur für die Bürger Leistungen entnommen werden, die darin eingezahlt haben. Als grobes Beispiel: Jemand der mit 70 Jahren nach Deutschland kommt kann aus unserem Rentensystem keine Rente erhalten da er in Deutschland nie gearbeitet und dem zur Folge auch hier keine Beiträge geleistet hat. Dies ist übertragbar auf Krankenkassen und Pflegekassen.

Ferner wurde gefordert unsere Erde, Luft und Wasser nicht weiter nachhaltig zu vergiften und damit uns selbst. Das umstrittene Unkrautvernichtungsmittel Glyphosat ist nicht länger zu zulassen, eine Anwendung zu verbieten.

Man war sich ihr einig, 2016 wurde die Zulassung in der EU um weitere eineinhalb Jahre, gegen viele Proteste, verlängert. Dies ist nicht hinnehmbar.

Glyphosat kam 1974 unter dem Namen „Roundup" auf den Markt. Der US- amerikanische Saatgut und Herbizid Konzern Monsanto hatte es Anfang der 1970er Jahren sich als Pflanzenvernichtungsmittel patentieren lassen.

Bei Glyphosat handelt es sich um ein Breitbandherbizid, welches laut Bund auf 40% der Ackerflächen in Deutschland eingesetzt wird sowie auch privat. Es vernichtet jede Pflanze die nicht gentechnisch so verändert wurde, dass sie dagegen resistent ist. Glyphosat lässt sich nicht abwaschen, noch baut es sich nennenswert ab. Es reichert sich in Gewässern an, des Weiteren in Pflanzen, somit in Futtermitteln, in Tieren, im menschlichen Körper. Gesundheitliche Gefahren bestehen, Glyphosat steht unter starken Verdacht Krebs zu erzeugen, aber auch zu Missbildungen bei Embryonen soll es führen können. Bewiesen ist, es schadet der Artenvielfalt.

Andere Pharmaprodukte sind von neutralen Stellen zu kontrollieren und ihre Zulassung erst dann gegeben, kommt von neutralen Stellen ein okay. Ein Import von Gülle, so z.B. aus den Niederlanden ist einzustellen.

Die Haftung von Pharmakonzernen müsste insoweit erweitert werden, dass diese sofort greift, wenn unsere Natur Schaden nimmt, wenn der Mensch Schaden nimmt, durch Stoffe, die von den Konzernen auf den Markt gebracht sind oder noch werden..

Ein weiterer Punkt, der vorgebracht wurde, war die Aufnahme von Asylanten. Seit Jahren hatte Deutschland die meisten von ihnen aufgenommen. Die Belastungen, die die deutsche Bevölkerung zu tragen hatte, war stetig gestiegen. Ihre eigenen Sozialleistungen wurden gekürzt und Steuern erhöht. Dadurch wurde der Unmut gegen die Fremden größer. Doch nicht die Fremden waren an dieser Thematik Schuld, nein, es waren unsere Politiker. Sie hatten die Gesetze beschlossen. Die Fremden nutzten nur unser System, die Möglichkeiten, die ihnen damit gewährt wurden. Zudem hatte die Bundeskanzlerin sie mehr oder weniger auch eingeladen. Ihre Worte waren für sie so zu verstehen gewesen.

Aus diesem Grund wurde die Eingabe gemacht, dass zukünftig ein Visum für jegliche Einreise in die Bundesrepublik Deutschland einzuführen ist. Notbedürftige Asylanten sollten die Möglichkeit erhalten bei ihrem Kommen ein Darlehen zu beantragen. Sie sollten möglichst schnell in Arbeit gelangen können. Mit Arbeitsbeginn müsste ein solches Darlehen zurückgezahlt werden mit Zinsen, gleich wie beim Meisterbarfög. Asylanten die über Geldmittel verfügen, sollen diese erst aufbrauchen, bevor der Staat ihnen Mittel gewährt. Sämtliche Mittel sollten aber nur noch als Darlehen gewährt werden. Voraussetzung sollte ferner das Erlernen der deutschen Sprache sein und die Anerkennung der Rechte in Deutschland. Bestehende deutsche Kultur muss geduldet und akzeptiert werden. Die Gesetze sollten es zukünftig ermöglichen, dass im Fall, dass gegen bestehendes, deutsches Recht verstoßen wird, eine zeitnahe sofortige Abschiebung möglich wird. Wirtschaftsflüchtlinge sind abzuweisen, es sei denn sie können einen Arbeitsplatz in Deutschland nachweisen. Sie haben keine Rechte auf staatliche Zuwendungen. Asylanten sollte auch zunächst ein zeitlich begrenztes Bleiberecht gewährt bekommen. Bei Frieden im Heimatland sollte eine Rückkehr an erster Stelle stehen, damit sie mithelfen können ihr Heimatland wieder aufzubauen. Eine Verlängerung des Bleiberechtes sollte nur unter Prüfung und verschiedener Kriterien anzuwenden sein, wie eine zwischenzeitliche Verwurzelung in Deutschland.

Ja, es brannte der Bevölkerung Deutschlands vieles auf der Seele. Solange war die Bevölkerung ruhig geblieben und hatte alles geduldet. Jetzt war das i – Tüpfelchen erreicht, jetzt war die Bevölkerung am Überkochen.

Im Mai 2016 hatten bereits Banken ihre Kunden angeschrieben und ihnen die neuen Gebührensätze mitgeteilt. Auch hatte man sich bis zu diesem Zeitpunkt bereits entschlossen den 500 € Schein einzustellen.

Info aus: tagesschau.de

Entscheidung der EZB Der 500-Euro-Schein wird abgeschafft

Stand: 04.05.2016 18:51 Uhr

„Aus für den 500-Euro-Schein: Wie die Europäische Zentralbank in Frankfurt entschied, wird die Ausgabe der Banknote "gegen Ende 2018" eingestellt. Terrorfinanzierung und Geldwäsche sollen so besser bekämpft werden können.

Der 500-Euro-Schein wird abgeschafft. Auf ihrer Ratssitzung hat die EZB beschlossen, die wertmäßig größte Banknote in der Währungsgemeinschaft langsam aus dem Verkehr zu ziehen. Die Produktion der Banknote werde eingestellt, die Ausgabe um das Jahresende 2018 herum gestoppt, kündigte die Notenbank an.

Seinen Wert soll der Fünfhunderter aber behalten. Er kann laut EZB bei den nationalen Notenbanken unbegrenzt eingetauscht werden.

Mit der Abschaffung der Banknote wollen die Währungshüter dafür sorgen, dass Terrorfinanzierung und Geldwäsche künftig besser bekämpft werden können. EZB-Präsident Mario Draghi hatte sich für diesen Schritt starkgemacht. Die Bundesbank lehnte die Abschaffung zuletzt ab.

Der 500-Euro-Schein gehört weltweit zu den Banknoten mit dem höchsten Wert. In den USA reicht die Skala nur bis 100 Dollar. Bei der Einführung des Euro-Bargeldes gehörte Deutschland zu den größten Befürwortern des Fünfhunderters."

Der normale Bürger sollte wieder einmal für „dumm verkauft werden." Man versuchte den Bürgern zu vermitteln, dass der 500 € Schein nur aus Gründen einer kriminellen Nutzung abgeschafft werden soll.

Die Bürger versuchten durch einen Boykott von Wahlen (die Wahlbeteiligung wurde immer geringer) darauf hinzuweisen, dass sie mit der Politik nicht mehr einverstanden waren. Sie sahen teils keinen Grund mehr überhaupt noch jemanden zu wählen. Zu oft waren Versprechungen im Vorfeld abgegeben worden, die nach der Wahl nicht eingehalten wurden. Dies war leider parteiübergreifend so. Dann wählten viele Bürger die AfD. Auf Anhieb erhielt diese Partei mehr Stimmen wie viele andere Parteien. Aber irgendwie sahen es die verantwortlichen Politiker nicht, dass dies nur aus dem Grund geschah, weil man mit ihrer Politik nicht mehr einverstanden war.

Zeichen wurden immer anders gedeutet. Nie sahen die Politiker den Grund bei sich. An der Politik wurde kaum was geändert. Man musste zwar teils „Ampellösungen" bilden um regieren zu können, aber man wurde sich einig und die entsprechenden Pösterchen waren schnell zur Zufriedenheit vergeben. Die AfD wurde verunglimpft. Sicher es gab in der Partei auch solche, die zu weit rechts in der Gesinnung standen.

Hat man aus der Vergangenheit nicht gelernt?

Ein Volk, welches unterdrückt wird, dem Sachen auferlegt werden, die es nicht will, dieses Volk steht irgendwann einmal auf, es bäumt sich gegen seine Unterdrücker auf.

Deutschland will ein Sozialstaat sein.

Wie sozial ist Deutschland noch? Hatten wir vor Jahren noch ein herzeige fähiges Sozialsystem, so war dieses jetzt in Ländern besser, auf die wir vorher herab sahen.

Welcher Bürger hat dafür Verständnis, dass er über viele Jahre in Systeme einzahlt, die ihm angepriesen wurden, in die er Pflichtbeiträge zahlen muss, ohne dass das Versprochene eingehalten wird?

Die Rentenhöhe, die man mal erhalten sollte wurde herabgesetzt. Es fallen Steuern an, Krankenversicherungsbeiträge und Beiträge zur Pflegeversicherung, was die Nettorente weiter schmälert. Die Löhne und Gehälter wurden in den letzten Jahren nicht entsprechend der Inflationsrate angepasst. Teils gab es keine, teils nur Lohnerhöhungen, die unter dieser Rate lagen. Der Bürger hatte seit der Euro Einführung weniger Geld in ihrem Portmonee. Gerade im Lebensmittelbereich wurde vieles noch vor der Währungsumstellung gravierend im Preis erhöht.

Manches wurde wieder etwas günstiger, aber im Durchschnitt erhielt man für 50,-€ wesentlich weniger wie für 100,-DM. Der Einkaufswagen bei Aldi ist für den Betrag nicht mehr voll, sondern höchstens noch zur Hälfte gefüllt.

Diese Einschnitte bemerkten Klein- und Normalverdiener deutlich. Wer eine Familie hatte und die Frau sich um die Kinder kümmerte, um den Haushalt, der musste schon bei den Lebensmitteln sparen. Wer konnte sich für 3,20€ nach der Einführung des Euro eine Salatgurke kaufen?

Die niedrig gehaltenen Löhne tragen außerdem dazu bei, dass die Arbeitnehmer später auch nur eine geringe Rente erhalten.

Viele haben keine zusätzliche Absicherung für das Alter. Früher reichte die Rente. Hatte man dann vielleicht noch eine eigene Wohnung oder Haus, so reichte dies. Viele Frauen mussten aufgrund der Kindererziehung aus dem Berufsleben ausscheiden. Wenigen wurde eine Rückkehr in ihren Beruf ermöglicht. Einem großen Teil der Bevölkerung war und ist es nicht möglich sich für das Alter noch zusätzlich abzusichern. Wovon?

Die Politiker haben dies zu wenig oder überhaupt nicht berücksichtigt.

Vielen jungen Menschen bleibt es aufgrund der Einkommen Höhe versagt sich zusätzlich abzusichern. Sie können es sich finanziell nicht leisten.

Paare fragen sich, wie sie es schaffen sollen Kinder in die Welt zu setzen, wenn das zur Verfügung stehende Geld gerade mal für das langt, was sie brauchen, wie Miete, Kosten Fahrzeug um zur Arbeit zu gelangen und Essen.

Die Schere bei den Einkünften ist so weit auseinander getriftet, dass die einen ein Kilo frischen Fisch im KDW kaufen können für fast 90,-€, die anderen sich nur eine Packung Fischstäbchen aus dem Aldi leisten können. Für die einen sind die 90,-€ Pinatz, die anderen müssen bei der Packung Fischstäbchen schon schauen ob diese nicht irgendwo im Angebot ist.

Es wäre wirklich mal wünschenswert, könnte man versuchsweise um Verständnis zu erwecken, die Verhältnisse austauschen. Eine Ministerin sollte z.B. den Platz einer alleinerziehenden jungen Frau einnehmen, die Zwillinge hat oder den Platz einer Ehefrau, die mit dem niedrigen Einkommen ihres Mannes haushalten muss, oder eines Rentners, der zum Leben zu wenig und zum Sterben zu viel hat. Ein solcher Tausch müsste quer Beet erfolgen.

Die Politiker könnten dies wie ein Praktikum ansehen um dann später ihre Arbeit auch wirklich im Sinne der Bevölkerung und zu deren Nutzen zu verrichten.

Ja, die Politik ignorierte großzügig auch Berichte von Sozialverbänden, wie dem VdK – dem Sozialverband in Deutschland. In dessen Zeitungsausgabe 71 Jahrgang Nr.: 3 vom März 2017 liest man auf der Titelseite *„Erwerbsminderung bleibt Armutsrisiko – Gesetzesvorlage: Nur Neurentner profitieren ab 2018 – Abschläge werden nicht abgeschafft."* Unter AKTUELLE ZAHLEN kann man weiter einen Artikel lesen *„Immer mehr sind von Altersarmut Die Zunahme von Altersarmut in Deutschland belegen Daten des Europäischen Statistikamts (Eurostat). Demnach ist die Zahl der Menschen über 55, die*

von Armut bedroht sind, zwischen 2010 und 2015 von 4,9 auf 5,7 Milli-
onen gestiegen. Das entspricht 20,8 % dieser Bevölkerungsgruppe. „Ar-
mutsgefährdung" liegt laut Eurostat bei einem Monatseinkommen vor,
das unter 60 % des Durchschnitts liegt, also bei 1033 Euro netto, wobei
alle Einkünfte berücksichtigt werden. Zudem wurde abgefragt, ob jemand
beispielsweise notwendige Anschaffungen oder Miete, Strom und be-
droht*. Heizung öfter nicht zahlen kann. Insgesamt ist laut Eurostat jeder*
fünfte Deutsche von Armut und sozialer Ausgrenzung bedroht."

Die VdK setzt sich sehr für ein mehr an sozialer Gerechtigkeit ein.
Sie zeigt der Politik auf, wo Abhilfe geschaffen werden sollte. Die
Politik sieht jedoch dies oftmals anders.

Wie wird sich jetzt die Politik verhalten, nach diesen Massende-
monstrationen, wo überall die Bürger auf die Straße gezogen sind?

Wird man eingreifen? Wird man gegebenenfalls Macht gegen die
Bevölkerung ausüben um den Demonstrationen ein Ende zu berei-
ten?

Auch am nächsten Tag wurde weiter demonstriert.

Die Industrie ruhte, in wichtigen Bereichen, wie in Krankenhäu-
sern hatte man einen Notdienst eingerichtet. Geschäfte blieben geschlossen, der öffentliche Verkehr war zum Erliegen gekommen.
Noch immer gab es von Seiten der Regierung kein Einlenken, keine
Stellungnahme.

Dafür gab es aus dem Ausland immer mehr Kommentare. Immer
mehr ausländische Presse reiste mit Kamerateams an, um vom Ort
direkt zu berichten.

Die Journalisten sprachen mit den Menschen auf der Straße und
erhielten neben Informationen auch Fakten. Sie bekamen unter
anderen Rentenbescheide und Verdienstnachweise, ebenso Ein-

kommensteuerbescheide zu sehen. Dies veröffentlichten sie in ihren Ländern. Das Unverständnis wuchs. Wie konnte ein Land seine eigene Bevölkerung so „ausbluten"? Warum hatte man die Renten auf ein solches niedriges Niveau herabgesengt? Warum machte man viele Bürger zu Almosenempfänger? Renten unter der Armutsgrenze trotz Arbeit? Dies verstand niemand. Löhne, bei denen es kaum möglich war davon zu leben – dies konnte doch nicht sein!

Viele andere Länder, darunter auch EU zugehörige, hatten gerechtere soziale Systeme.

Hierzu eine Tabelle, Quelle: Eurostat, Finanzen 100, die aufzeigt wie hoch die Erwerbstätigkeit in den einzelnen Ländern derer ist, die das 55. Lebensjahr vollendet haben. Nur in Schweden ist der Anteil höher wie in Deutschland.

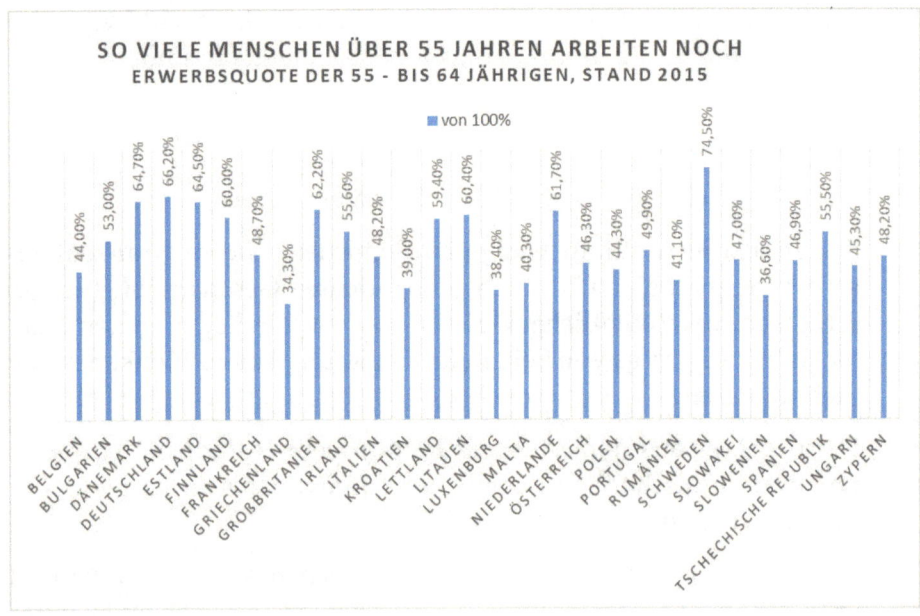

In den meisten Ländern wird auch eine höhere Rente gezahlt als in Deutschland. Deutschland wird als ein wirtschaftlich starkes, wohlhabendes Land bezeichnet, doch die Kürzungen bei der Rentenhöhe zeigen, dass Deutschland hier eher als Schlusslicht fungiert.

Hierzu ein Beitrag aus BR 24

Renten im Vergleich Deutschland EU-weit Schlusslicht bei Niedrigverdienern

Zum 1. Juli sollen die Renten im Westen und Osten so stark steigen, wie seit 20 Jahren nicht. Doch insgesamt hinken Deutschlands Renten im EU-Vergleich hinterher. Von Katharina Adami.

Stand: 23.03.2016 ⊥

Ein langjährig versicherter Mann, der 2013 in Rente ging, bekam in Deutschland durchschnittlich 1050 € im Monat, in Österreich 1560€ im Monat, und das 14-mal mal pro Jahr, macht umgerechnet 1820 € im Monat, fast 800€ mehr. Darauf hat die gewerkschaftsnahe Hans-Böckler-Stiftung und die Österreichische Kammer für Arbeiter und Angestellte hingewiesen.

Wie stehen also Deutschlands Rentner im internationalen Vergleich da? Ein aktueller OECD-Bericht, der untersucht, wie sich gesetzliche Rentenansprüche im Mai 2015 darstellten, fördert Erstaunliches zu Tage.

Unter dem EU-Durchschnitt

Ein männlicher deutscher Arbeitnehmer, der 2014 mit 20 Jahren in die gesetzliche Rentenversicherung eingetreten ist, immer Vollzeit arbeitet und in der gewerblichen Wirtschaft immer durchschnittlich verdient, darf nach 45 Jahren als gesetzliche Rente netto 50 Prozent seines Netto-

Durchschnittsverdienstes erwarten. Das ist weit unter dem EU-Schnitt von 70,9 Prozent. In der EU bekommen nur ein Ire und ein Brite weniger. Auch OECD-weit lagen wir Deutschen damit unter dem Durchschnitt.

Deutsche Niedrigverdiener ganz abgeschlagen

Für einen Niedrigverdiener mit nur 50 Prozent des Durchschnittsverdienstes - das waren 2014 brutto knapp 23 000 Euro im Jahr - stellt sich die Lage noch dramatischer dar: Da bildet Deutschland in der EU das Schlusslicht. Während in der EU männliche Niedrigverdiener im Schnitt 80,7 Prozent ihres Netto-Durchschnittsverdienstes als Netto-Rente erwarten dürfen, waren es in Deutschland nur 53,4 Prozent.

Gesetzliche Rentenansprüche gekürzt

Hintergrund: In Deutschland wurden zu Beginn des Jahrtausends die Ansprüche aus der Gesetzlichen Rente bewusst gekürzt, um die Arbeitgeber bei den Rentenbeiträgen zu entlasten. Dafür soll jetzt der Arbeitnehmer individuell und staatlich gefördert sparen. Doch heute weiß man: die Renditen sind zweifelhaft: 29 Prozent der Arbeitnehmer haben weder Riester-Rente noch Betriebliche Altersvorsorge. Und de facto werden die Bezieher höherer Einkommen stärker gefördert als die mit geringeren Einkommen. Zudem unterstreicht die Hans-Böckler-Stiftung, dass die gesetzliche Rente eines Niedrigverdieners unter dem Grundsicherungsniveau liegen würde, sodass eine Riester-Rente (oder eine Betriebliche Altersvorsorge) auf die Grundsicherung angerechnet würde.

Zuständige OECD-Expertin warnt vor Altersarmut

"Niedrigverdiener in einigen Ländern sehr geringe Nettoersatzraten zu erwarten haben, selbst wenn sie ein Leben lang gearbeitet und Beiträge gezahlt haben. Für Niedrigverdiener bilden Japan und Deutschland das Schlusslicht. Wegen der strengen Bindung von Beiträgen und Leistungen im deutschen Rentensystem wird in Deutschland, nur durch die vergleichsweise niedrige Grundsicherung, nicht aber durch andere einkom-

mensabhängige Elemente im Rentensystem umverteilt. ... Wenn zukünftige Beitragskarrieren jedoch mehr Lücken und Fehlzeiten aufweisen sollten, weil die Arbeitnehmer länger arbeitslos oder nicht sozialversicherungspflichtigen Beschäftigungen nachgegangen sind, könnte das Armutsrisiko deutlich steigen."

Dr. Monika Queisser, Abteilung Sozialpolitik der OECD Paris

Beispiel Österreich

Österreich liegt mit seinen Leistungen dagegen über dem EU-Durchschnitt. Hier können Durchschnittverdiener 91.6 Prozent ihres Netto als Netto-Rente erwarten, Niedrigverdiener 92,1 Prozent. Wie kommt das zustande?

Die Hans-Böckler-Stiftung und die Österreichische Kammer für Arbeiter und Angestellte führen an, dass in Österreich Beamte und Selbständige in die Gesetzlichen Rentenversicherung einbezogen sind. Zudem ist in Österreich der Beitragssatz in der Gesetzlichen Rentenversicherung höher. Während er in Deutschland 2014 für Arbeitnehmer und Arbeitgeber bei 9,5 Prozent lag, betrug er in Österreich für Arbeitnehmer 10,25 Prozent. Die Arbeitgeber müssen hier mehr zahlen, nämlich 12,55 Prozent."

Links:

http://dx.doi.org/10.1787/pension_glance-2015-1-en
http://www.boeckler.de/pdf/p_wsi_report_27_2016.pdf
http://archiv.wirtschaftsdienst.eu/jahr/2015/13/rentenreformen-die-internationale-perspektive/

Ja, es war nicht zu verstehen, dass Deutschland, dass wirtschaftlich stärkste Land in der EU seine Bürger im Alter in die Armut schickte, es war nicht zu verstehen, dass die Pensionen gegenüber den Renten verhältnismäßig hoch ausfielen, obgleich diese Bevölkerungsgruppe keine Rentenbeitragszahlungen bzw. Pensionsbeitragszahlungen leistete.

Es war erstaunlich, dass erst jetzt, wo man der Deutschen Bevölkerung das Bargeld wegnehmen wollte, erst jetzt auch solche existenzielle Punkte zur Sprache kamen und angeprangert wurden.

Jetzt forderte das Volk auch hier umgehende Änderungen.

Würden die Politiker einlenken?

Würde die Regierung zurück treten?

Zahlreiche Spekulationen gab es.

Noch immer verliefen überall die Demonstrationen friedlich. Die Polizei musste nicht einschreiten. In Berlin waren jedoch die Regierungsgebäude besonders abgeschirmt, auch Soldaten wurden eingesetzt.

Würde man ihnen Befehl geben auf die eigene Bevölkerung zu schießen?

Daran glaubte niemand. Was hätten sie auch für einen Grund? Alles verlief im friedlichen Rahmen, keiner wurde handgreiflich.

Dann kam die erste Reaktion.

Über die Fernsehanstalten ließen die Politiker verkünden, dass man Gesprächsbereitschaft zeige. Die Thematik würde auf der Tagesordnung stehen. Die Bevölkerung möchte doch ihrer Arbeit wieder nachgehen, damit die wirtschaftlichen Folgen überschaubar blieben.

Diese Reaktion kam bei der Bevölkerung nicht gut an.

Wollte man sie wieder für dumm verkaufen?

Ohne konkrete Zusagen war die Bevölkerung nicht bereit die Demonstrationen zu beenden. Auch am Abend und die Nacht hindurch belagerten jetzt große Menschenmassen das Regierungsviertel. Am nächsten Tag ging wiederum niemand zur Arbeit.

Sofortige Änderungen in der Politik, die Zurücknahme des Bargeldverbotes wurde gefordert. Sollte dazu die Regierung nicht bereit sein, wäre sie nicht länger tragbar und solle zurücktreten. Als Volksvertreter müsste die Regierung die Mehrheit der Bevölkerung vertreten und ihre Anliegen respektieren.

Angespannt wartete die Bevölkerung auf eine weitere Reaktion. Warum sprach niemand offen zu ihnen, warum ließ sich niemand auch nur sehen?

Dann kam die Ankündigung, dass gegen Abend die Kanzlerin zur Bevölkerung sprechen wolle. Entsprechende Übertragungen sollten überall hin erfolgen.

Überall auf den großen Plätzen, wo sich Tausende der Bürger versammelt hatten, wurden Möglichkeiten geschaffen die Übertragung in Bild und Ton verfolgen zu können. Immer mehr Bürger drängten sich auf die Plätze, andere gingen in Lokalitäten bei denen auch die Möglichkeit bestand die Rede der Kanzlerin zu verfolgen. Um 19:00 Uhr begann man mit der Berichterstattung über die Lage. In ganz Deutschland wurde demonstriert, überall wo die Möglichkeit gegeben war hatte man die Arbeit niedergelegt. In Deutschland bestand ein Ausnahmezustand. Von vielen Orten wurden Meinungsumfragen wiedergegeben. Die Bevölkerung war sich weitgehend einig.

Um 19:15 Uhr trat dann die Kanzlerin vor die Kameras.

Es folgte ein Appell an alle Bürger. Jeder sollte seine Arbeit wieder aufnehmen und nicht länger dem Staat schaden. Der bereits entstandene Schaden für Deutschland, für die verschiedenen Branchen sei nicht bezifferbar. Letztendlich würde jeder doch sich selbst schaden.

Ein lautes Raunen ging durch die Reihen der Demonstranten.

Die Kanzlerin tat zwar eine Gesprächsbereitschaft kund, doch die stellten sie sich anders vor. Sie wollte keine Zugeständnisse machen. Selbst nicht hinsichtlich des Bargeldverbotes. Dies wäre angeblich ein EU Entscheid, wie auch die Einstellung des 500,-€ Scheines.

Die Reaktionen der Bevölkerung wurden live ins Studio übertragen. Hier konnte die Kanzlerin sehen, wie ihre Forderung, ihre Rede aufgenommen wurde.

Zurücktreten sollte sie mit all den anderen Politikern. Dieser Ruf war zu hören und wurde immer lauter. Transparente mit den Forderungen der Bürger wurden sichtbar hochgehalten, aber auch Transparente die den sofortigen Rücktritt der Regierung forderten. Die Regierung wurde nochmals aufgefordert zum Wohle des Volkes zu regieren und zu handeln, die Regierung wurde aufgefordert den Willen der Bevölkerung zu vertreten, denn schließlich nannten sich die Politiker Volksvertreter. All die Grundlagen, die unsere Demokratie ausmachen, die eigentlichen Werte, sah das Volk nicht mehr eingehalten. Die Politiker entschieden nur noch wie sie es für richtig erachteten, oft gegen die große Mehrheit in der Bevölkerung. Sie sahen schon im Wahlrecht, in der Mitbestimmung große Defizite. Wie konnte rein hypothetisch ein Bürgermeister wie folgt gewählt sein: Nur der Bürgermeister geht zur Wahl und gibt seine Stimme für sich ab. Keine weitere Person geht sonst zur Wahl. Sicherlich, die Wahlbeteiligung fällt damit sehr schlecht aus. Dies ist aber irrelevant. Diese eine Stimme die abgegeben wurde ergibt dann 100%. Da die eine Stimme den Bürgermeister wiedergewählt hat, kann er sich rühmen ohne Gegenstimmen mit 100 % gewählt worden zu sein.

Gibt es aber ein Bürgerbegehren, so können viele zur Wahl gegangen sein, es können auch von denen, die abgestimmt haben mehr wie 50 % gegen das Vorhaben z.B. ihrer Stadt gewesen sein, und trotzdem gilt das Bürgerbegehren als abgeschmettert. Dies nur, weil nicht alle Wahlberechtigten gewählt haben, bzw. nur, weil die Menge der Stimmen die für das Bürgerbegehren waren nicht mehr als 50% aller Wahlberechtigten ausmachte.

Ist diese Praxis gerecht? Hieran sieht man schon, dass die Bürger beschnitten werden. Es besteht nicht gleiches Recht für alle.

Richtig wäre es dann auch, dass ein Bürgermeister, eine Regierung usw. auch nur dann als gewählt angesehen werden dürfte, wenn diese über 50% Stimmen aller Wahlberechtigten auf sich verbuchen können.

Ja, die breite Reaktion auf die Rede war, entweder wird der Volkswillen umgesetzt oder die Regierung soll zurücktreten.

Am nächsten Tag wurden Bürger aus allen Schichten ausgewählt. Sie brauchten keinerlei Partei anzugehören, sie sollten nur bereit sein das Volk zu seinem Wohle zu vertreten. Eine gemischte Schar kam zusammen quer durch jedes Alter, jeden Beruf, Männer und Frauen gleichmäßig vertreten.

Sie waren es, die die Demokratie wieder umsetzen sollten, sie waren es, die die Regierung zum Wohl des Volkes übernehmen sollten. Das Volk bestimmte, durch wen es sich vertreten lassen wollte. Die Parteienwirtschaft, dass Pösterchen hin und her Geschiebe sollte ein Ende haben. Jeder Bürger mit deutscher Staatsbürgerschaft sollte die Möglichkeit haben als Volksvertreter fungieren zu können für einen bestimmten Zeitraum.

Da die bestehende Regierung nicht den Willen des Volkes umsetzen wollte, sie weiter an ihren Posten hingen ohne zurücktreten zu wollen, wurden sie abgewählt.. Sie mussten sich schließlich dem Willen des Volkes unterordnen und abtreten.

Die erste Handlung der neuen Volksvertreter war Einstimmig - das Bargeldverbot wurde aufgehoben. Auch der 500,-€ Schein sollte wieder in Druck gehen. Ein Gremium wurde gebildet welches eine vernünftige Grundlage zur Altersvorsorge für jeden Bürger erarbeiten sollte. Die Grundlagen die einem Bezug von einer Pension bildeten sollten ganz wegfallen. Jeder der einer Tätigkeit nachging, auch Selbstständige, sollten in eine Alterskasse Beiträge einzahlen. Der Anteil der Arbeitgeber sollte wieder gleich hoch sein, wie der Anteil des Arbeitnehmers. Arbeitgeber sollten zusätzlich für ihre Mitarbeiter eine Altersvorsorge abschließen, die auch eine Berufsunfähigkeitsversicherung enthalten sollte. Vieles musste auf den Prüfstein. Härtefälle sollten vermieden werden, gegebenenfalls sollten Übergangsfristen eingeführt werden. Die Beitragsbemessungsgrenzen bei der Krankenversicherung und bei der Rentenversicherung sollten wegfallen. Jeder sollte sich nach seinem finanziellen Spielraum an den Sozialkosten beteiligen. Auch hier sollte das Krankenkassensystem eine Änderung erfahren. Eine Zweiklassengesellschaft sollte es nicht mehr geben. Jeder sollte medizinisch gleich behandelt werden.

Arbeit sollte wieder belohnt werden. Jeder der einen Vollzeitjob ausübt soll davon auch leben können. Zeitarbeitsfirmen, die nur Arbeitssuchende auf Zeit vermitteln und für die Vermittlung viel Geld erhalten, soll es nicht mehr geben. Die Kluft zwischen Niedrigeinkommen und Spitzeneinkommen soll nicht mehr uferlos auseinander triften. Hierzu wurden Gespräche mit den Gewerkschaften eingeräumt. Bei Lohnerhöhungen soll nur noch in Ausnahmefällen eine prozentuale Erhöhung in Betracht kommen. Die Regel soll ein Pauschalbetrag sein, der für alle gleich hoch sein soll. Nur so wäre gegeben, dass die Gehälter und Löhne nicht wieder Scheren öffnend auseinander triften. Arbeitsbedingungen, vom Vertrag angefangen, sollen wieder menschlicher werden. Befristete Verträge soll es nur genehmigt in der Ausnahme geben. Die Arbeitszeit sollte wieder eine Obergrenze erfahren und nicht weiter ausgehöhlt werden dürfen. Mehrarbeit ist zu beantragen. Zudem ist sie zu bezahlen, bzw. in Freizeit entsprechend auszugleichen. Überstunden schon im Vertrag festgehalten, die mit dem Gehalt abgeglichen wären, soll es nicht mehr geben. Solche und andere Klauseln zum Negativen des Arbeitnehmers dürften nicht mehr vertraglich vereinbart werden. Auch soll die Arbeitszeit, sofern diese zeitlich erfasst würde, minutengenau abgerechnet werden. Eine Zeiterfassung, die besagt, dass wenn man eine Minute zu spät kommt, man eine viertel Stunde länger arbeiten muss, bzw. diese Zeit nicht honoriert wird, soll nicht mehr zulässig sein.

Vielen Arbeitgebern wurde vorgeworfen, dass sie nur noch Verträge zu ihrem Nutzen vereinbart hatten, der Arbeitnehmer ausgenutzt wurde und somit auch nicht entsprechend bezahlt. Auch die Urlaubstage sollten nicht mehr unter 28 Tagen Mindesturlaub liegen.

Mit all dem setzten sich Gremien auseinander. Menschen wie du und ich, Menschen, die teils am eigenen Leib erfahren mussten, wie es ist von einer Zeitarbeitsfirma verliehen zu werden. Die erfahren hatten, dass sie bei gleicher Arbeit viel weniger verdienten, wie die Stammbelegschaft. Bei ihnen hielt ja noch die Vermittlungsfirma ihre Hand auf. Sie verdiente sehr gut daran, dass sie Arbeitssuchende an andere Firmen solange verlieh, wie sie dort gebraucht wurden. Für jeden, der in einem solchen System steckt ein unhaltbarer Zustand. Nie ist man gewiss was der Morgen bringt. Wird man nicht mehr gebraucht, so kann man gehen und zu Hause bleiben. Keine Beständigkeit, keine Sicherheit, keine Zukunftsperspektive. Was für ein Druck auf diesen Menschen doch lastete.

Auch das Steuerrecht sollte jetzt endlich vereinfacht werden. Es sollte nachvollziehbar, für den Bürger überschaubar, verständlich und nachrechenbar werden. Die Besteuerung von Einkünften sollte eine Änderung erfahren. Es sollte nicht mehr so sein, dass Einkünfte von 60 000 oder 70 000,- € mit dem gleichen Spitzensteuersatz besteuert würden, wie z.B. Einkünfte von 100 000,-€ und darüber. Hier sollte mehr Gerechtigkeit einfließen.

Im Ausland zollte man der Bevölkerung Achtung. Viele befürchteten es käme zu Unruhen, zu kriegsähnlichen Auseinandersetzungen. Sie zollten aber auch der Bevölkerung Achtung, dass sie sich nicht noch weiter unterdrücken ließ. Man war solidarisch, verstand nicht, dass ein so wohlhabendes Land ihre Bürger so ausblutete, sie mit so hohen und vielen Steuern überschüttete. Keiner konnte nachvollziehen, warum die ehemaligen Regierungen die Altersbezüge für ihre Bürger so gekürzt hatten, warum die Bürger solange arbeiten sollten, bis sie überhaupt ein Anrecht auf eine Altersrente hätten. Für sie war eine Obergrenze von maximal 40 Jahren die Schmerzgrenze um Anrecht auf eine Altersrente ohne Abzüge zu haben.

Man zollte aber auch der Polizeigewalt Achtung. Achtung davor, dass sie nicht einschritten, nicht auf die Demonstranten losgingen, sondern sich bedeckt im Hintergrund aufhielten. Nur so konnte alles friedlich verlaufen. In den ausländischen Blättern konnte man lesen:

„Das deutsche Volk hat sich befreit und kann wieder durchatmen. Die Fesseln sind zerschnitten".

„Die Demokratie hat gewonnen! Das Volk geht gegen die Enteignung durch ihre angeblichen Volksvertreter einheitlich vor."

Kurzbiografie des Autors

Thilo von Weissenlitz konnte seinen Wunsch umsetzen und Philosophy, Polities and Economics, ein Bachelor – Studiengang der Universität Oxfort, studieren. Danach war er weltweit in großen Wirtschaftsunternehmen tätig. Er liebt es auf dem kleinen Landsitz seiner Eltern in Deutschland Zeit zu verbringen und auszuspannen.

Über tredition

EIN EIGENES BUCH VERÖFFENTLICHEN

tredition wurde 2006 in Hamburg gegründet. Seitdem hat tredition mehrere tausend Buchtitel veröffentlicht. Autoren veröffentlichen in wenigen leichten Schritten gedruckte Bücher, e-Books und audio-Books. tredition hat das Ziel, die beste und fairste Veröffentlichungsmöglichkeit für Autoren zu bieten.

tredition wurde mit der Erkenntnis gegründet, dass nur etwa jedes 200. bei Verlagen eingereichte Manuskript veröffentlicht wird. Dabei hat jedes Buch seinen Markt, also seine Leser. tredition sorgt dafür, dass für jedes Buch die Leserschaft auch erreicht wird.

Im einzigartigen Literatur-Netzwerk von tredition bieten zahlreiche Literatur-Partner (das sind Lektoren, Übersetzer, Hörbuchsprecher und Illustratoren) ihre Dienstleistung an, um Manuskripte zu verbessern oder die Vielfalt zu erhöhen. Autoren vereinbaren direkt mit den Literatur-Partnern die Konditionen ihrer Zusammenarbeit und partizipieren gemeinsam am Erfolg des Buches.

Das gesamte Verlagsprogramm von tredition ist bei allen stationären Buchhandlungen und Online-Buchhändlern wie z. B. Amazon erhältlich. e-Books stehen bei den führenden Online-Portalen (z. B. iBookstore von Apple oder Kindle von Amazon) zum Verkauf.

Jetzt ein Buch veröffentlichen: **www.tredition.de**

EINE BUCHREIHE ODER VERLAG GRÜNDEN

Seit 2009 bietet tredition sein Verlagskonzept auch als sogenanntes "White-Label" an. Das bedeutet, dass andere Personen oder Institutionen risikofrei und unkompliziert selbst zum Herausgeber von Büchern und Buchreihen unter eigener Marke werden können. tredition übernimmt dabei das komplette Herstellungs- und Distributionsrisiko.

Zahlreiche Zeitschriften-, Zeitungs- und Buchverlage, Universitäten, Forschungseinrichtungen, u.v.m. nutzen diese Dienstleistung von tredition, um unter eigener Marke ohne Risiko Bücher zu verlegen.

Alle Informationen im Internet: **www.tredition.de/Buchverlage**

tredition wurde mit mehreren Innovationspreisen ausgezeichnet, u. a. Webfuture Award und Innovationspreis der Buch-Digitale.

tredition ist Mitglied im Börsenverein des Deutschen Buchhandels.

Zeitfracht Medien GmbH
Ferdinand-Jühlke-Straße 7
99095 Erfurt, Deutschland
produktsicherheit@kolibri360.de